中国艺术研究院基本科研业务费项目
（项目编号：2018-2-20）

主编　孙佳山

热点与前沿

青年文艺论坛

2018

Hot Issues and
Frontier
Research
Youth Forum on
Literature
and Arts
2018

文化艺术出版社
Culture and Art Publishing House

图书在版编目（CIP）数据

热点与前沿：青年文艺论坛．2018 / 孙佳山主编.
—北京：文化艺术出版社，2020.10
ISBN 978-7-5039-6968-3

Ⅰ.①热… Ⅱ.①孙… Ⅲ.①文艺评论—文集 Ⅳ.
①I06-53

中国版本图书馆CIP数据核字（2020）第169991号

热点与前沿

——青年文艺论坛2018

主　　编　孙佳山
责任编辑　蔡宛若
责任校对　邓　运
封面设计　赵　矗
出版发行　文化艺术出版社
地　　址　北京市东城区东四八条52号（100700）
网　　址　www.caaph.com
电子邮箱　s@caaph.com
电　　话　（010）84057666（总编室）　84057667（办公室）
　　　　　（010）84057696-84057699（发行部）
传　　真　（010）84057660（总编室）　84057670（办公室）
　　　　　（010）84057690（发行部）
经　　销　新华书店
印　　刷　国英印务有限公司
版　　次　2020年10月第1版
印　　次　2020年10月第1次印刷
开　　本　710毫米×1000毫米　1/16
印　　张　11.25
字　　数　150千字
书　　号　ISBN 978-7-5039-6968-3
定　　价　58.00 元

编者前言

由于人手、精力有限等原因，《青年文艺论坛》一直都是隔年出版，所以写这个前言的时候，已经是 2020 年的夏天，也就是说，从 2011 年的那个夏天开始，青年文艺论坛已经走过了第 9 年。在中国传统的数字观念里，“九”是至阳的虚数、极数，也意味着新阶跃前的极限状态和周期。

所以，再看 2018 年的青年文艺论坛，走到第 8 年的青年文艺论坛，在气息上已经越发从容、平静，逐渐不再在意外界的纷扰，更及时、果断地回应文化艺术领域的相关热点、前沿问题，也更为笃定地一步步走进共和国的当代舞台。与 2015 年到 2017 年的高歌猛进阶段相比，在这一年，青年文艺论坛与新华社、《人民日报》、《光明日报》、*China Daily*、《环球时报》、“侠客岛”等不同媒介形态的国家级媒体，以及文化和旅游部等上级有关单位的合作互动更为频繁、更为常态、更为日常。既对“《芳华》——七八十年代的情感结构及其当代呈现”“‘娘炮’‘泛娱乐’之争与主流文化治理的当代挑战”这些时效性热门话题进行了第一时间的回应，及时地影响了舆论走向；也在“‘亚文化’正在‘主流化’？——网络亚文化的当代形态和未来影响”“表达与呈现——社会底层如何通过移动互联网赋权、赋能”等，已经形成青年文艺论坛自身独到研究方法的领域，予以持续追踪式梳理和总结；同时，对于“国外网络游戏研究、评论的现状与影响”等话题的研究，不仅引领了国内相关学科的研究方向，还得到了有关部门和企业界的重视与认可。

青年文艺论坛，虽然有着“青年”“文艺”字样，但并不代表着这个论坛就是现行高校、科研机构当中，那种在各学科都随处可见的“无忧无虑”的、“不及物”的学术活动。从 2011 年开始，青年文艺论坛就一直凭借着自身的不懈努力，一步一个脚印地走出学院、走向社会、走进时代。影响有关部门的文化决策、影响相关领域的文化治理，对于青年文艺论坛而言，这已经不仅是一个追求，也是一个事实，是一个在 2018 年已经进入日常工作的基本事实。这样的成绩，既是激励我们继续前行的动力，直接深入这个时代的一线现场，也意味着真切的压力和对自身更高的要求。青年文艺论坛也力争尽快完成转型升级，更好地匹配其实际承担的责任、实际发挥的作用。

最后，衷心地感谢过去 9 年来长期支持、鼓励青年文艺论坛成长的各位领导、师长、同道和朋友，尤其要感谢文化和旅游部和中国艺术研究院的领导、师长的无私关怀和提携。论坛每年成果的顺利结集出版，也离不开中国艺术研究院科研管理处、财务处和文化艺术出版社等兄弟部门的热情帮助。论坛无以为报，只能以更为努力的工作态度，更为丰硕的科研成果和更广泛的社会影响，来回馈各界人士的厚爱。

目录

第七十八期

国外网络游戏研究、评论的现状与影响

主持人：孙佳山（中国艺术研究院马克思主义文艺理论研究所）

主讲人：孙　静（北京第二外国语学院文学院）

　　　　林　品（首都师范大学文学院）

时　间：2018 年 1 月 11 日（星期四）14：30—18：00

地　点：中国艺术研究院研究生楼（二层）北侧会议室

主　办：中国艺术研究院马克思主义文艺理论研究所

编者的话

网络游戏作为新兴媒介的文化娱乐形态，自世纪之交以来，在全世界范围方兴未艾，经过十几年的蓬勃发展，已经成为全球不同国家、民族的青少年群体的最主要文化娱乐方式，其覆盖范围之广、之深，在整个人类社会迄今为止的既往文化经验中，屈指可数。尤其是近年来，随着移动互联网浪潮所带来的史无前例的媒介迭代效应，网络游戏的普及率和渗透率更被进一步放大，不仅在市场规模上已经成长为整个文化产业的支柱性行业，并且开始影响文化产业的宏观发展方向；其运行范围也开始从单纯的文化娱乐，向体育、文化、经济、军事等社会主流领域持续拓展，而且在可预见的未来，其在主流社会中还将占据一个不可替代的重要位置。

无疑，对于世界上任何国家而言，以网络游戏为代表的网络文化治理都已经构成这个时代无法回避的历史性挑战。因此，本期论坛旨在以国外有关网络游戏文化和网络游戏的研究现状为切入点，力图为我国的网络游戏研究和评论提供有价值的借鉴和参考，进而为我国网络文艺智库的建设做出初步的探索和尝试。

孙佳山：网络游戏及其所依托的网络文艺，作为移动互联网时代的新兴媒介的文化娱乐形态，自世纪之交以来，在全世界范围方兴未艾，经过十几年的蓬勃发展，已经成为全球不同国家、民族的青少年群体的最主要的文化娱乐方式，其覆盖范围之广、影响之深，在整个人类社会迄今为止的所有既往文化经验中，都是屈指可数的。

从党的十七届六中全会开始，特别是党的十八大以来，我国已经明确将文化产业作为国民经济的支柱性产业来培育，我国网络文艺行业近年来有了长足的发展，市场规模不断扩大，已进入快速发展的阶段。2016年全国文化及相关产业增加值突破3万亿元，占GDP比重达到4.07%；而2016年我国网络文艺行业5159.9亿元的庞大市场规模，在我国文化产业的直接占比已达到了17%左右，其所依托的数字文化产业更是占据了我国文化产业70%的市场份额。

如果说在未来，文化产业将成为持续拉动我国经济增长的国民经济支柱性产业，那么网络文艺则是我国文化产业之中当之无愧的领头羊、先锋队和主力军。

一、网络文艺在我国文化产业中的地位、影响

自2017年以来不断发酵的《王者荣耀》、"吃鸡游戏"、"养蛙游戏"之争等一系列公共文化事件，深刻折射出，尽管已进入21世纪，以网络文艺为主体的我国文化产业，在全社会公共生活、国民经济当中发挥着越来越重要的作用，但社会各界、主流媒体均对其缺乏整体性的认识，也并不了解其中的具体情况，甚至存在严重的误解。

事实上，与影视领域时时担心的好莱坞"狼来了"式的焦虑，以及网络文学终于开始为其在海外有了小规模的读者群体而雀跃相比，我国网络文艺则早已跨越了那样的初级发展阶段。以网络游戏为例，2017年，我国网络游戏用户整体规模已达5亿左右，在全部网民的占比接近7成。我国网络游戏行业整体营收达到了2189.6亿元，这已相当于全球电影票房的总和。我国自主研发的网络游戏有500亿元人民币规模的海外营收，这一数字直逼我国国内电影票房的总和，要知道，2016年我国文化产品出口总额为786.6亿美元，仅网络游戏一项就占据了将近70%。我国每年仅二三十亿元规模的海外电影票房与之相比，可谓九牛一毛。这也充分说明，网络文艺行业在我国文化产业格局中的角色和地位。

与好莱坞电影在当下已占据国内票房大半的难堪状况不同，除了个别日本经典动漫IP游戏和芬兰等北欧公司的几款经典网络游戏

之外，外国网络游戏已经很难再进入我国游戏的畅销榜单。而且，我国网络游戏的全球化进击之路已呈现多点开花之势，不但在东南亚拥有压倒性的绝对优势，更进军到了中东、东欧、拉美等国内主流媒体较少关注的地区，而且在韩国、日本和西欧、北美等老牌网络游戏强国和地区也捷报频传，这在传统媒介形态下的文艺格局中是完全不可想象的。

以网络游戏为代表的我国网络文艺的耀眼产业成绩的出现并不是偶然的。在 2011 年党的十七届六中全会上，就首次明确提出“加快发展文化产业，推动文化产业成为国民经济支柱性产业”。这是党和国家对我国文化产业发展做出的一次重要部署，使文化产业在国民经济中的地位得到不断强化。而且，“国民经济支柱性产业”有着明确统计学意义的标准，即有在国民经济中，占比不低于 5% 的门槛。根据 2017 年经济数据统计，我国的国内生产总值已经突破了 80 万亿元的大关，也就是说，文化产业作为国民经济的支柱性行业的体量，已稳稳地站在了 4 万亿元的上方。这深刻地说明，整个国民经济乃至整个时代都在这短短几年内，发生了天翻地覆的历史性转型。

显然，随着近年来移动互联网浪潮所带来的史无前例的媒介迭代效应，网络游戏等网络文艺形态的普及率和渗透率被进一步放大，在市场规模上已经成长为整个文化产业的支柱性行业，并开始影响我国文化产业的宏观发展方向。

二、全社会对于网络文艺的了解、认知严重滞后

以网络游戏为代表的网络文艺的辐射范围正开始从单纯的文化娱乐，向体育、经济、政治甚至反恐、军事等国家、社会主流领域持续扩散。包括2017年第五届亚洲室内和武艺运动会、2018年雅加达亚运会、2022年杭州亚运会等大型洲际体育赛事，都已经明确将以网络游戏为载体的电子竞技项目纳入不同层次的比赛项目中；而且，网络游戏更是有极大可能成为2024年巴黎奥运会的正式比赛项目。这与国内自2017年以来，网络游戏所引发的“歪曲历史”“精神鸦片”“电子海洛因”等言论，形成了鲜明的反差。不可否认，以网络游戏为代表的网络文艺领域，由于其作为新生事物的不成熟、不规范，发展的不平衡、不充分，尚存在诸多问题，但如果我们继续以20年前的印象式言论来讨论、处理今天由网络游戏之争所连带的复杂时代症候，就不仅不会解决现行的各类问题，反而会进一步错过解开我们这个时代的真正文化症结的机会。

与此同时，我国社会各界对于以网络游戏为代表的诸多领域，还存在严重的曲解和偏见。例如，我们今天已经被视为理所当然的“常识”使用的“网瘾”概念，是否是一个科学的疾病概念，在心理学、精神病学等医学领域尚无权威科学定论，而就连与网络游戏相关的“游戏行为失调”等概念，目前世界卫生组织也依然处在科学论证阶段，并未被最终确认和定性。在北美学界还出现了针对“游戏行为失调”等概念的抵制活动，认为不能未经充分科学验证就对其进行草率定义。然而，对于“网瘾”等似是而非的概念，在我国

却被毫无节制地、以讹传讹地使用，催生了大量形形色色的不正规、不科学的，甚至是非法、野蛮的各类组织，以治疗青少年群体的“网瘾”为名从中牟利，极大地掩盖和遮蔽了这背后的家庭、学校、社会教育的连带责任和相关伦理问题。

不仅如此，以网络游戏为代表的网络文艺所牵扯的诸多领域，在国内外都远远超出现有的主流认知区间。发生在2015年的巴黎恐怖袭击事件，经事后调查发现，恐怖分子就是通过游戏主机在网络游戏中完成了实时沟通，成功地摆脱了法国等欧洲各国政府在电信和互联网领域的监控。在很多领域，还有大量触目惊心的现实，存在于主流视野之外。

在可预见的未来，以网络游戏为代表的网络文艺在世界范围的主流社会中，都将占据一个不可替代的重要位置。对于我国而言，21世纪以来，以网络文艺为主体的文化产业，在全社会公共生活和国民经济当中也正逐渐发挥越来越重要的作用。

三、新时代中国特色社会主义，在文化领域“新”在哪?

当前主流媒体对于我国网络文艺的最大错误认知，不在于不了解我国网络文艺产业的成绩和真正问题，而是并不了解我国互联网使用的真实格局。在我国现有的近8亿网民中，有近90%未受过本科及以上的高等教育，大约有70%的网民年龄未超过40岁，农村网民的比例接近30%；而且超出绝大多数主流媒体想象的是，我国迄今为止仍然有1.22亿网民，也就是每6个网民当中还有1个人依然在通过网吧上网[①]，这种状况和局面显然是在主流媒体的认知范围之外的。

这一波以移动互联网为核心的新媒体浪潮，的的确确将媒介杠杆作用发挥到了人类迄今为止全部媒介经验的极致，但我们必须清醒地意识到，上述结构性变化才是产生这种大时代变局的真正根源。在这一历史进程中，一方面，新媒体确实有可能为全社会的发展进步发挥排山倒海式的积极推动作用；另一方面，新媒体的媒介杠杆放大效应也很有可能被利用、被操纵，起到相反的阻碍作用。来自这两方面的作用和效果，结合我国互联网领域的上述真实状况，无疑会在我国的网络文艺领域有着最为极致的深刻体现。

在这个意义上，以网络游戏为代表的网络文艺的问题、意义和困境，其影响和辐射范围，就绝不在网络文艺的自身，其注定将波及文化、经济、政治等更多领域，这对于我国的互联网治理乃至国家治理，都是前所未有的挑战。

当今世界，综合国力竞争日趋激烈，文化竞争全面升级，文化版图正在重构，文化的地位和作用日益凸显，越来越多的国家把提升文化软实力确立为国家战略。在国内讲好中国故事，在国外推动中华文化“走出去”，是增强我国国家文化软实力，在国际综合国力竞争中赢得主动的迫切需要。以网络游戏为主体的，包含网络视频、网络动漫、网络文学、网络音乐等诸多领域的网络文艺，是当代中国文化的重要组成部分，理应在讲好中国故事和推动中华文化“走

---

① 《第40次中国互联网络发展状况统计报告》，中国互联网信息中心，http：//cnnic.cn/gywm/xwzx/rdxw/201708/t20170804_69449.htm。

出去”的过程中，扮演更为重要的角色。

四、原创尴尬，我国网络文艺转型升级的深刻困局

包括《阴阳师》、《王者荣耀》在内的，近年来在国内外都取得巨大成功的中国网络游戏，其实在游戏模式和观念上都深受日本、韩国游戏文化的影响。尤其是日本的网络游戏，由于和本国的动漫、御宅族、二次元文化结合紧密，始终独具能够包纳不同媒介形态下的各类不同文本的媒介混合的鲜明特色，在世界范围都有广泛的影响。2017 年红遍全球的日本增强现实网络游戏《精灵宝可梦 GO》（*Pokémon Go*）就改编于日本动画《宠物小精灵》。

中国网络游戏风靡海外的一个重要原因，正是充分学习和汲取了日本等国家的网络游戏可以改编不同媒介形态下的不同文本的优长，能比肩美、日顶尖网络游戏的持续运营能力，也充分说明在把握国内外青少年的文化娱乐消费的需求、趣味等方面，中国网络游戏已经开始走向世界的前列。

自 2017 年以来由《王者荣耀》所引发的争论的真正问题在于，以网络游戏为代表的、依托于新兴媒介的网络文艺，乃至我国的文化产业，正深陷在原创的困顿中挣扎。对历史人物和传统典故进行大尺度的大胆改编，在国外的网络游戏以及动漫等其他文艺形式中其实早已司空见惯，这也是新兴媒介下的网络文艺生态的一个基本特点。而在国外成熟的网络游戏行业中，对此都有完善的设置和系统的应对办法。例如知名网络游戏《文明》系列，就在游戏中设置

了详细的百科全书，将游戏中涉及的历史人物、传统典故等进行了翔实的解析；而享誉全球的《魔兽世界》，则在知识类网站上，设置了一系列相关词条，构建了完整的游戏世界观。

这一点上，尽管我国网络游戏在过去十几年里取得了长足的进步，在我国现有文化产业格局中也可能是最先有机会跳脱出山寨、模仿阶段的领先领域，但其仍然面临着结构单一、原创匮乏的发展困境。以《阴阳师》《王者荣耀》为代表的我国网络游戏，就是因为缺乏完整的世界观等这种对于原创而言最根本的核心要素，因此很难像《魔兽世界》《文明》《精灵宝可梦 GO》这些精品网络游戏那样，具有良好的文本衍生能力，这就造成了其商业上的成功不能被有效地转化为文化软实力意义上的成功，这也是我国传统文化为何在当代始终不能得到有效表达和传播的根本原因，而这何尝不是我国文化产业在今天的转型升级过程中所面临的深刻困局的缩影。

五、我国网络文艺的多重结构性困境

当前，以网络游戏为代表的我国网络文艺行业仍然存在一系列结构性的问题亟待解决。以网络游戏为例，我国的网络游戏管理涉及多个部门，包括文化部、新闻出版广电总局、工信部、体育总局等多部委。文化部负责网络游戏的内容检查和文化经营审批，新闻出版广电总局管理网络游戏的版权，工信部监督网络游戏行业的技术开发标准，体育总局则主管目前正方兴未艾的网络游戏电子竞技。网络游戏的监管需要全流程把控，只有各部门齐心合力，监管好每一个环节，才能让网络游戏在健康的轨道上持续前行。

在立法领域，我国以网络游戏为代表的网络文艺行业所面临的复杂法律问题，被分解在《网络安全法》《知识产权法》《广告法》以及众多规章、条例之中，还没有与之相对应的稳定的上位法。由于我国已经明确将文化产业作为国民经济的支柱产业来培育，在《公共文化服务保障法》《电影产业促进法》实施之后，未来两三年还会有《文化产业促进法》等相关法律陆续出台。目前亟须加快《著作权法》和《著作权法实施条例》的修订，包括从网络文化传播、网络文化安全保障等方面，进一步完善针对信息网络传播权的著作权保护制度。

尽管近年来，讲好中国故事，推动中华文化“走出去”的工作蓬勃开展，孔子学院等中国文化机构在世界各地相继建立，但与文化产业强国相比，我国的驻外文化机构还远没有在当地的日常生活中“扎根”，缺乏明确的目的性和导向性，和我国政治领域、经济领域的对外政策也并没有充分实现有机关联。应积极推动包括网络游戏在内的网络文艺的海外传播，用当地化的方式展现我国的价值观念内核，尽可能减少“文化折扣”。通过网络游戏、网络视频、网络动漫、网络文学、网络音乐等网络文艺的具体形态，有血有肉地表现中国文化，让它们成为讲述中国故事、传播当代中国价值观念的“硬盘里的文化大使”，尽可能在不同国家同代人之间，形成共同的文化经验，这对于增强世界各国人民对中国的了解和认知、消除偏见和误解，都有着十分重要的文化战略意义。

六、当前任务：构建网络游戏作品评价体系

的确，对于世界上任何国家而言，以网络游戏为代表的网络文艺治理，都已经构成了我们所处时代的无法回避的历史性挑战。因此，动员政府、专家学者、行业企业、游戏用户和社会媒体等多方参与，开展对典型网络游戏的评论、批评，科学认识和评价网络游戏的文化价值，激浊扬清，发掘游戏文化中的优秀内容，加强价值引导和舆论监督，规范网络游戏经营行为，建立和完善立足于我国国情的网络游戏作品评价体系，促进我国以网络游戏为代表的网络文艺的健康发展，其重大意义就不仅仅局限于我国网络游戏行业本身，对于我国网络文艺乃至整体性的文化产业格局，都将有着示范和引领作用。

当前，我们之所以要勇于开展以网络游戏为代表的网络文艺领域的创新、创造，归根到底是改革开放 40 年的伟大探索历程，站在新时代中国特色社会主义的历史起点，直面和回应“人民日益增长的美好生活需要和不平衡不充分的发展之间的矛盾”这一我国社会的新的主要矛盾的时代必然要求。所以，如何真正深入网络文艺所催生的、以网络游戏为代表的一大批移动互联网时代新兴媒介的文艺类型的肌理，进而正面引领网络文艺创新的长期、健康、有序发展，就成为摆在所有文化工作者、从业者面前所必须解决的核心问题。因此，构建符合新时代中国特色社会主义思想的网络游戏作品评价体系，为我国的网络游戏研究和评论提供有价值的借鉴和参考，进而为我国网络文艺智库建设做出初步的探索和尝试，这既是贯彻、

落实党的十九大精神的内在要求，对于我们展望新一代，乃至下一代的文艺形态和文化产业样貌，营造清朗网络空间，都具有继往开来的历史启迪意义。

综上，正如习近平总书记在党的十九大报告中指出，“推动中华优秀传统文化创造性转化、创新性发展，继承革命文化，发展社会主义先进文化，不忘本来、吸收外来、面向未来，更好构筑中国精神、中国价值、中国力量，为人民提供精神指引”。随着我国综合国力的稳步增长，中国现在已经成为世界第二大对外投资国，在政治、经济领域日益融入全球协作体系，并扮演着越来越重要的角色。40年改革开放的文化逻辑，也在这一历史进程中发生着无声无息的历史性嬗变。那么，以网络游戏为基点，如何有效地释放我国网络文艺的行业活力，走出原创困境，尽快完成自身的转型升级，将我国的传统文化以及当代的中国故事、中国情感、中国经验，通过新兴媒介形态下的网络文艺予以全面、有效地表达和传播，将商业上的成功真正转化为文化软实力意义上的成功，进而构建与当代中国的国际地位和角色相匹配的、可持续发展的文艺生态，则是我们在新时代中国特色社会主义阶段所必须面临和无法逃避的最大文化挑战。

孙静：1997年，大宇资讯发行了《仙剑奇侠传》，成为国产游戏史上的一个重要里程碑。彼时，国产游戏产业还近乎一片荒地。20年来，无论是当时的“仙剑”粉丝，还是拥有各种游戏主机的“千禧一代”学生玩家，抑或是捧着手机玩“跳一跳”的上班族，都共同见证了中国国产游戏市场的飞速发展。根据《2017年中国游戏产业报告》，2017 年中国游戏市场实际销售收入已攀升至 2036.1 亿元，是国内同期电影总票房的 3.6 倍，游戏玩家数量高达 5.83 亿人。[①] 然而时至今日，国内针对游戏文化的学术研究却依然方兴未艾，只有少数学者关注到这一新兴媒体，游戏教育体系亦亟须完善。本文聚焦游戏学术研究，梳理了国外游戏研究发展脉络及现状，尝试为国内的游戏研究及游戏评论提供有效的参考，并最终倡导一种具有批判思维的本土化游戏研究视角。

一、从游戏到电子游戏

在国外，游戏文化研究已经成为一门独立的学科，被称为“游戏学”（Ludology）。早在 1938 年，荷兰著名的文化历史学家约翰·赫伊津哈（Johan Huizinga）就出版了对后世影响深远的《游戏的人：文化中游戏成分的研究》（*Homo Ludens：Proeve ener bepaling van het spelelement der cultuur*）一书，从文化及文化史学的角度分析游戏与社会文化的关系。他指出，游戏是“一种自由的活动，有意识脱离平常生活并使之‘不严肃’的活动，同时又是使人全身心投入、忘乎所以的活动。游戏和物质利益没有直接的关系，游戏人不能够从中获利。游戏在特定的时空范围内展开，遵守固定的规则，井然有序。游戏促进社群的形成，游戏的社群往往笼罩着神秘的气氛，游

---

① 数据引自中国音数协游戏工委《2017 年中国游戏产业报告（摘要版）》，中国书籍出版社 2017 年版，第 6—8 页。

戏人往往要乔装打扮或戴上面具，以示自己有别于一般的世人”①。受到赫伊津哈的影响，法国哲学家凯鲁瓦（Roger Caillois）认为游戏应该具有以下特点：

（1）游戏是自由的（free）。强制性的活动会丧失乐趣和吸引力，都不能被称为游戏。

（2）游戏是独立的（separate）。游戏是限制在固定时空中的活动，因此游戏空间不同于日常生活空间。

（3）游戏的发展具有不确定性（uncertain），无法事前得知游戏结果。

（4）游戏不具有生产性（unproductive），也就是说，游戏无法产生任何形式的财富，不能让游戏者获利。

（5）游戏受到规则支配（governed by rules）。

（6）游戏是虚幻的（make-believe），因为它能产生一种不同于真实生活的虚假现实感。②

简言之，凯鲁瓦认为游戏首先强调趣味性，旨在让人能够产生愉悦感。其次，游戏活动的时空与现实生活不同，是人为建构的虚拟空间。游戏活动被限制在某一特定的时间和空间中，遵循一定的规则，其结果具有不确定性。最后，游戏并不具有生产性，无法让参与游戏的玩家获得利益。更为重要的是，游戏是一种自愿的活动，玩家主动进入到游戏模式中，并可以按照自己的意愿随时退出。正

① ［荷兰］约翰·赫伊津哈：《游戏的人：文化中游戏成分的研究》，何道宽译，花城出版社2007年版，第14页。

② Caillois, R. *Man, Play and Games*. Translated by Meyer Barash. Urbana, IL: University of Illinois Press, 2001：9-10.

是在这一意义上，2017 年备受全球关注的“蓝鲸”不能被称为游戏。对那些参与活动的青少年而言，他们被引导观看恐怖图片及视频，再进行自我伤害，整个过程毫无趣味性和愉悦感。此外，“蓝鲸”活动与现实混杂在一起，参与者注定以悲剧结尾，无法自由退出游戏。因此，虽然“蓝鲸”发起人设定了活动目标（所谓“清洗社会”，实际上是杀人），为活动制定了一系列规则（如规定参与者的起床时间），还将一个邪恶的杀人目标分解为一系列的子任务，但这只是一项反社会活动，并不是我们认知范畴中的游戏活动。它只是狡黠地使用了一些游戏的元素，但没有达成游戏的宗旨，没有让参与者的生活更美好。[①]

电子游戏，在英文中通常被称为 digital games 或 video games。狭义的电子游戏往往也指网络游戏（online games），但时至今日，电子游戏已经涵盖单机游戏、网络游戏，其搭载平台也由电脑扩展至游戏主机、平板电脑、手机、虚拟现实等多种设备，游戏开发团队也包括游戏公司、独立游戏人和玩家群体等不同类型。著名学者亨利·詹金斯（Henry Jenkins）指出，电脑游戏是一种正在发展中的流行艺术，为人们带来了新的审美体验。它将电脑屏幕变成一个实验性的创新领域，堪称影响 21 世纪美学的重要新型艺术。[②] 在《美学理论与电子游戏》(*Aesthetic Theory and The Video Game*，2011）一书中，作者格莱姆·柯克帕特里克（Graeme Kirkpatrick）也将电子游

---

① 详情可参见拙文《“蓝鲸死亡游戏”如何虏获青少年：线上迷恋关系下的社交》，《澎湃新闻》，http：//www.thepaper.cn/newsDetail_forward_1693249。

② Jenkins, H. “Art Form for the Digital Age”. http：//web.stanford.edu/class/sts 145 /Library/jenkins_artform.pdf.

戏视作一种“具有独特美学特质的文化客体”，分析了电子游戏中的空间与时间、虚拟世界、性别等内容。[①] 其他西方学者也借鉴文学研究及文化研究的方法分析游戏文本，并已颇具规模和影响。

二、从游戏批评到游戏教育

与国内游戏产业相比，国外电子游戏设备和产品起步较早，而且发展较快。与之相应，国外电子游戏学术研究资料也更加丰富，相关研究始于20世纪70年代，于2000年开始走向成熟，出现了大量游戏研究文献，并建立起更为完善的游戏教育体系。[②]

简言之，国外游戏研究可以分为三个阶段。第一阶段始于1970年，当时《仿真与游戏》(*Simulation & Gaming*）创刊发行，至今已有近50年的历史。1980—1982年堪称街机游戏黄金增长时期，因此出现了大量游戏设备、游戏选购及游戏通关指南等内容的书籍。值得关注的是,《通俗文化读本》(*The Popular Culture Reader*, 1983）一书主张将电子游戏纳入文化研究的范畴。在《研究报告：游戏、性与性别差异》(*A Research Note: Video Games, Sex, and Sex Differences*）一文中，作者西德尼·凯普兰（Sidney Kaplan）等人从当时游戏机具有性暗示的外部装饰入手，指出电子游戏这一娱乐方

① Kirkpatrick, G. *Aesthetic Theory and The Video Game*. Manchester and New York：Manchester University Press, 2011：194.

② 有关国外游戏研究文献综述，可参见孙静《西学东渐：中国游戏研究元年已经到来了吗？》,《中国图书评论》2016年第10期。

式主要面对的是男性受众，表达着男性话语。[①] 此外，在《心灵与媒体：电视、电子游戏及计算机的作用》(*Mind and media: the effects of television, video games and computers*，1984）一书中，作者格林菲尔德（Patricia Marks Greenfield）用调查数据驳斥了公众对电子游戏的指责，主张更加客观地看待电子游戏这一新兴的媒体形式。

自 1983 年游戏产业大萧条后，大众及学者对游戏的关注度日趋下降，直至 1986 年，这一情况才得以改善。1986 年至 1999 年为第二阶段，虽然此时的相关研究依然以负评为主，但有不少学者探讨电子游戏的媒体特质、社会意义和文化内涵。例如，克罗克福德（Douglas Crockford）在《准备玩乐：体验与互动》(*Stand By for Fun: Experience and Interaction*，1987）一文中将电子游戏视作一种互动媒体，较早地关注了游戏的"互动性"(interactivity)。相关著作包括瑞典学者约翰逊－斯迈拉歌迪（Ulla Johnsson-Smaragdi）等人合著的《新媒体世界中的青少年：录像机、电子游戏和家用电脑》(*Teenagers in the new media world : video recorders, video games and home computers*，1986)、玛莎·金德（Marsha Kinder）的《电影、电视机，和电子游戏中的权力游戏：从动画片〈布偶娃娃〉到〈忍者神龟〉》(*Playing with power in movies, television, and video games: from Muppet Babies to Teenage Mutant Ninja Turtles*，1991)、尤金·普罗温左（Eugene Provenzo）的《顽童：理解任天堂》(*Video Kids: Making Sense of Nintendo*，1991)、萨顿－史密斯（Brian Sutton-Smith）

---

① Kaplan, S.and Kaplan, S. "A Research Note：Video Games, Sex, and Sex Differences". *Social Science*, Vol.56 (4) (Autumn 1981：208-212).

的《作为文化的玩具》(*Toys As Culture*，1986）等。

自2000年起，国外游戏研究进入第三阶段，出现了跨学科的“游戏学”研究，其领域涉及计算机科学、心理学、社会学、人类学、哲学、艺术及文学、媒体研究和传播学等多个领域。游戏学（Ludology）一词可以追溯到1951年。当时，皮尔·麦加德（Per Maigaard）在罗马召开的一次社会学国际会议上较早使用并界定了这一术语。① 显然，2000年以来的游戏研究方法、成果及规模的繁盛，从真正意义上促进了游戏学这一学科的发展。更为重要的是，这一时期不仅有大量游戏专著问世，还陆续出现了影响广泛的国际学术期刊、游戏研究学会以及游戏教育课程。

就学术期刊而言，最重要的是《游戏与文化》(*Games and Culture*)。从2006年创刊至今，这家名列SSCI目录的英文学术刊物已刊登了许多游戏研究的学术论文，研究者来自全球多个国家，以欧美学者居多。值得注意的是，国外学者也将研究视野转向中国的游戏文化。例如在《升级：作为自我伦理培养的游戏对战》(Leveling Up: Playerkilling as Ethical Self-Cultivation）一文中，作者聚焦中国大型网络游戏《征途》，比较了中西玩家的异同，结合中国传统哲学思想对文本进行了分析。不仅如此，该刊于2016年推出了中国游戏文化特别专题，收录了七篇文章，不仅涉及中国游戏文化概览、国内电子竞技文化、日本主机游戏在国内的接受等主题，而且还有针对国内早期游戏研究专著《游戏东西：电脑游戏的文化意义研究》

---

① 详情见 http://www.jesperjuul.net/ludologist/first-use-of-ludology-1951#comments。

（2006）一书的书评。

随着越来越多的学者关注游戏研究，专门的游戏研究学会也陆续成立，如面向全球的游戏文化协会（Game Culture Society）和专注本土研究的韩国游戏协会（한국게임학회）等。其中，最有影响力的是电子游戏研究协会（Digital Game Research Association，简称 DiGRA）和大学游戏教育联盟（Higher Education Video Game Alliance，简称 HEVGA）。前者自 2003 年成立至今，已在荷兰、加拿大、日本、英国、澳大利亚等地举办了 17 届国际年会，目前已有中国、澳大利亚、日本、芬兰、荷兰、以色列、土耳其、英国和德语区、法语区共十个地区分会。后者是以美国高校为主的研究学会，涵盖麻省理工学院、南加州大学、乔治亚理工学院、纽约大学等多家名校。其成员多为国际知名学者，包括贾斯伯·鲁尔（Jesper Juul）、詹姆斯·保罗·吉（James Paul Gee）、T. L. 泰勒（T.L. Taylor）、特蕾西·富勒顿（Tracy Fullerton）、伊恩·博格斯特（Ian Bogost）、罗杰·阿泰茨（Roger Altizer，Jr.）、米娅·康萨沃（Mia Consalvo）、亨利·詹金斯（Henry Jenkins）等，该协会的大部分学者亦活跃在 DiGRA 的学术年会中。

与之相应，游戏教育也陆续进入国外大学的课堂，相关项目既有本科层次的主、辅修学位，也有许多有关游戏研究的硕博学位项目。有些大学设立了专门的游戏实验室或游戏研究中心，如美国的麻省理工学院、纽约大学、南加州大学等。著名华人游戏设计师陈星汉就毕业于南加州大学的游戏设计专业。其他知名院校还包括加拿大的滑铁卢大学及康考迪亚大学、丹麦的哥本哈根信息技术大学、新加坡的南洋理工大学、澳大利亚的墨尔本大学等。这些项目不仅包括游戏理论及游戏评论，还包括项目式游戏设计实践。以麻省理工学院的游戏实验室为例，其课程体系既有游戏概论等通识性基础课程，又包括软件开发与编程、声音与图像设计、剧本写作等专业课程，还包括项目实践，涵盖艺术学、传播学、计算机科学、文学、电影、文化研究、管理学等多个学科。

三、我们需要什么样的游戏研究?

当前，国内与游戏文化相关的话语体系主要来自四个群体，分别是游戏开发者、游戏媒体、游戏玩家和游戏研究学者。游戏开发者更关注开发游戏的技巧和经验，通过开发者大会或书籍的形式分享游戏设计理念。游戏媒体是指提供游戏资讯的杂志、网站等，受众通常是游戏玩家或是游戏产业从业者，其功能是做游戏产业和游戏玩家之间的桥梁，即将游戏公司的资讯快速准确地传播给消费者，并通过调查等方式将玩家的偏好传递给游戏产业。游戏玩家更关注游戏体验，因此他们分享的都是用户体验类的文章。普通玩家分享的游戏体验更具私人性，包括对某些游戏平台或游戏产品的简单评论，或是用怀旧的方式来讨论一些经典游戏机及游戏角色。相比而言，资深玩家撰写的游戏文章往往受众更多，有些人会与游戏媒体合作，开设游戏评论专栏。游戏研究学者则往往从学术角度讨论游戏哲学或游戏的社会文化内涵，受众以学者为主，但当前国内游戏学者的声音还颇为微弱。

不难看出，游戏产业、游戏媒体、玩家与研究者之间不同程度的疏离造成了游戏文化话语的断裂。就以上四个群体而言，其针对游戏的讨论又往往遵循着两种套路。其一是“瘾派”，即肯定电子游戏在日常生活中的重要作用，以商业利润和市场成功为标准衡量游戏，并以此为基础捍卫游戏吸引玩家的内在机制；其二是“戒瘾派”，即以个别游戏作品引发的社会问题为契机，将其等同于所有电子游戏，并与“网瘾”“玩物丧志”等负面词汇联系起来，批评游戏如何“毒害”玩家，尤其是青少年。需要指出的是，以上两种观点都有失偏颇，容易泛泛地谈论游戏。前者过分强调商业利润及纯粹娱乐，而后者则“谈游戏色变”，使其成为其他社会问题的替罪羊。

以上四类话语和两种态度共同揭示出当前国内游戏文化的一些问题。第一，传播乱象丛生，缺乏批判性反思。一方面，当前的游戏批评缺乏专业视角及原创内容。这不仅缘于主流媒体对游戏或多或少存在的偏见，还因为媒体缺乏专业的游戏研究者介入。另一方面，许多游戏媒体过于迎合玩家（尤其是男性玩家）口味。多数撰稿人是资深游戏玩家，或在游戏产业浸润多年。其游戏评论要么容易成为产品推广的软文，要么过于媚俗，容易物化女性角色及女性玩家。这两类游戏评论都缺乏深度分析及批判思维。

第二，理论视野空白，缺乏学术研究和游戏文化课程体系。如上文所述，国外游戏研究已是颇为成熟的学科，不少学者用多种研究方法针对游戏进行学术讨论，一些权威出版社每年都会推出游戏文化研究专著及论文。反观国内，当前的游戏文化研究多为游戏测评及有关游戏上瘾等刻板偏见，专业的游戏学术研究还相当匮乏。

第三，学者缺乏讨论游戏的学术平台，如学术会议、学术期刊等。近年来，欧美及澳大利亚等地区每年都会举办多次游戏研究国际会议，其研究对象也会涉及中国的游戏文化。以中国电子游戏研究协会（Chinese DiGRA）的历届年会为例，作为一个以中国游戏文化为研究对象的国际学术会议，历届会议多以英文为主，2017 年年会甚至没有设立中文小组。令人遗憾的是，西方学者的解读方式往往带有某些偏见性预设，将中国游戏视作他者。与此同时，我国并没有为国内游戏学者提供适合的学术平台，他们只能转而参加国外会议。囿于语言因素，一些国内学者无法与国际学者实现有效的沟通。因此，国内外游戏话语之间的断裂加剧了国外学者对中国游戏及中国社会文化的误读。不仅如此，国内的出版社及权威学术期刊还没有将游戏文化纳入考察范畴，缺少国际视野和地域观照，不仅忽视了国外文献的译介，而且缺少对游戏研究科研项目及研究成果的支持和引导，还没有建立起常规的游戏文化学术平台。

鉴于以上诸多问题，只有推进游戏学术研究，培养游戏制作、传播、评论和研究等人才，才能促进游戏文化良性发展。首先，我们需要加强国外游戏研究专著及学术论文的译介工作，完善游戏研究课程，建立跨学科合作的游戏教育体系，将游戏文化作为通识性课程予以推广。其次，搭建游戏研究学术平台，鼓励国内学者针对本土游戏文化展开学术研究。最后，也是最为重要的是，游戏批评需要引入批判思维，针对游戏文化作出深入的阐释和反思。批判思维的养成首先要建立在对游戏的深入研究基础之上，只有评论者对游戏这一大众文化产品具有批判意识和审美能力，才能够从专业角度对游戏产品和产业作出评论，继而构建良性的游戏生态。

林品：刚才孙静老师做了一个非常专业化的解读，我自己采取的可能会是一个偏外部化的视角，因为我本身并不是一个非常资深的游戏玩家和一个特别专业的游戏研究者。但是，我想从一个跟马克思主义，跟“马文所”（中国艺术研究院马克思主义文艺理论研究所）相关的外部化的视角来看待当今的电子游戏产业。当然，主要也是我在看到一些国外的学者在讨论电子游戏产业的时候，会提到这样一些有趣的概念，然后我会得到一种视角。当然，研究游戏的路径有很多，像孙静老师就非常专业化，在游戏本体论意义上展开对于游戏的讨论，这当然是非常重要的，而且也是最基本的。

但是，还有一种就是偏向研究政治经济学的视角，会从一些社会历史化的宏观的视角来看待游戏，会把当今的电子游戏产业当作数字资本主义的一些重要的发展趋势的某种实验室。或者说，是一个范本、一个典范性的空间。所以，今天主要会涉及这样几个概念。

第一个是“产消者”（prosumer）与“游戏劳工”（playbour），“游戏劳工”有一个更为有趣的翻译，叫作“玩工”。

第二个是“数据资本”（digital capital）与共同财富的私有化问题。

第三个是自组织的生产与“引导者阶层”（vectoralist class）。这个“引导者阶层”是由麦肯齐·沃克在《一份黑客宣言》中提出的有趣的概念。事实上，沃克是用这个概念来指称数字资本主义时代一些掌控平台、掌控最核心的传播渠道的大公司，也就是我们原先称作“资本家”，或者是“资产阶级”的那样一个顶级阶层，在数字资本主义时代的具备某种可称作“引导者阶层”的特征。之后，我会简单解释一下这是什么意思。

最后一个是将游戏化的思维运用到整个资本主义的各个领域和各个环节的“游戏化”（gamification）这个概念。

主要是这四个概念。我先给大家分享一下具体它们怎么阐述的，对应的英文是什么样的。

刚才我播放了一个视频，是《王者荣耀》的玩家制作的一个视频，同时被传到视频分享网站上面，是一个玩家自制的视频。还有，待会儿会涉及一个非常重要的概念，也是现在非常流行的概念，就是UGC，全称是User Generated Content，用户所生成的内容。这个概念是直接关联到接下来要讨论的几个概念的。

之所以要讨论电子游戏产业作为数字资本主义的实验室，这里的第一个概念是“电子游戏产业”。我们知道，“电子游戏”，刚才一直讲“游戏”的概念，实际上是约定俗成的，事实上就像孙静老师开始援引的两部书，都会把游戏的历史追溯到非常遥远的时代，用遥远的游戏时代来为游戏做一些本质化的界定。但是，其中有一些界定可能并不是非常适合当今资本主义时代的电子游戏产业的，或者是电子游戏的形态。比如，刚才所说的非生产性，或者我们说的非功利性。但是，事实上，之所以要强调电子游戏产业，就是因为游戏在今天这个时代，我们用“游戏”来指称的那些对象，事实上具备了一些新的特征。首先，是要给它加一个前缀，就是“电子”。因为，我们会说足球是游戏，我们小时候玩的跳房子、跳绳、踢毽子是游戏，小时候我们在街头，或者是在社区里，与街坊邻居家的孩子一起玩的那些也是游戏。但是事实上，今天我们用“游戏”来指称的对象，或者是在我们今天这个语境里，像刚才孙静老师讨论的游戏对象都是电子游戏，是借助电子媒介来得以呈现，得以让新时代的这些数码原住民玩家进入、参与的游戏。

另外一个特征就是游戏的高度产业化，刚才孙老师也提到了这个产业规模有多大，是一个非常惊人的数字。实际上，这个电子游戏的高度产业化，已成为今天资本主义生产消费体系的一个重要的新的增长点。所以，今天可能主要会从一个带有一点马克思主义色彩的，或者是政治经济学色彩的外部视角，来简单地谈一下电子游戏产业，就是国外的学者会将电子游戏产业视作——因为我们知道它的产业规模这么大，影响了这么多人的日常生活——一个典范性的空间、一个领域、一个场域，或者用一个比喻，就叫数字资本主义的实验室。

当然，我们今天有好多的说法，比如说“后工业社会”“晚期资本主义”，但是，我觉得要对电子游戏产业进行讨论的时候，这个数字前缀是更准确的，或者是更切中要害、切中命题的，所以，我会穿插着“数字资本主义的实验室”这样的说法，因为，电子游戏产业所发生的一些现象，事实上体现了数字资本主义的一些很重要的趋势，一些新趋势，所以叫它“实验室”。

我们今天主要从四个角度来简单地谈一下，就是以电子游戏为代表性的范例。或者说，以电子游戏产业的一些现象为代表性的范例，来谈一下数字资本主义的一些新趋势、一些新问题，这其实也不是我自己的观察发现，是我在阅读过程中提炼出来的几个很有趣的概念。

第一个概念是“产销者”。具体到电子游戏的语境中，有一个很有趣的词，叫作“游戏劳工”，或者是叫“玩工”。这两个词事实上都是合成词。刚才大家也看到了，实际上是两个词的合并，两个词的合成缩写，这两个词分别是 producer 和 consumer，就是“生产者”和“消费者”这两个词，它会被合称为“产消者”，这是一个有趣的词。

之所以“生产者”和“消费者”会被合称，实际上对应今天一种新的——我们以前叫作“文化消费主体”——主体状态，即是一种“消费者”，但是它在从事我们通常所说的“消费”这样一种活动的过程中，事实上也在生产着一些对于当代资本主义或者数字资本主义来说相当重要的产品，所以把它称作“生产—消费者”。有可能是有意识的生产，也可能是在无意间就完成了一种生产的行为。比如说，刚才这个视频，事实上是“用户所生成的内容”，是有意识的生产。在消费《王者荣耀》这款游戏产品，并使用一些视频分享网站的同时，自己也生产出一些内容上传进去。

然后具体到电子游戏的场域，有一个有趣的词，也是一个合成词，就是“游戏劳工”，或者是叫“玩工”，就是一边在玩，一边还在工作。当然他可能是无意识在工作。这个就是 playbour，这个词是表示玩耍、游玩的“play”和表示劳动、工作的“labour”这两个词的合成词。这个词最早出现的时候，被用来称呼那些游戏代练的人。不知道大家知道这个概念吗？就是有一些很有钱的人，来自发达国家、发达地区的中产阶级以上的人，他们并不想从事重复劳动，又想增长一些经验值，获得一些金币道具，就会雇用一些家庭条件不是特别好的或者经济状况不是特别好，但是游戏技能经过熟能生巧的自我训练之后，变得特别高超的人，雇用他们来代替自己去做那些打怪升级的重复工作。这些人是一开始被称作 playbour 的对象，但是，后来这个概念泛化了，也被用来称呼各种各样的进行游戏的人。这个概念试图指出的是，他们的游戏行为本身是在为某一个游戏公司、游戏产品、游戏平台生产某种价值的。

什么样的价值呢？我们刚才看到的视频可以作为一个例子。《王者荣耀》这个游戏之所以具有诱惑力，之所以吸引人，是因为有很多的玩家和用户参与其中。因为它是一个组队对抗的游戏，玩家在这个主动参与其中、自愿参与其中的过程中，会创造出很多有趣的，甚至对于游戏爱好者来说具有某种“传奇性”的、协作性的或冲突性的互动。他们可能在组队的过程中互相配合，在技能重叠的情况下会创造出一些有趣的惊人的逆袭，创造出一些在一个人玩游戏的过程中不可能有的那样一种大逆转的奇迹。创造这些奇迹需要彼此之间的配合互动，甚至是不同角色互补的情况下施放出一些技能的重叠。当然，也有可能是冲突性的互动，就是你在遇到的神对手，或者是在遇到猪一般的队友的情况下，都会在自己失败过程中体验到一种非常惊奇的、震惊的事件，等等。这些事件都使这个游戏吸引人，它们构成了吸引用户的非常重要的点。而它们事实上并不是由这个游戏平台的开发者赋予你的，而是这些游戏玩家自己创造出来的内容，他们的技艺与行为赋予了这个产品一种吸引力。事实上，是为产品增加了一种价值，这是第一种。

还有一种使得这个游戏产品的传播价值、它的社会影响力、它在新媒体上面的影响力得以增加的东西，就像刚才的视频，这种视频是有好多玩家使用通过这个游戏平台制作出来的声画素材，或者是视频、音频素材，然后再重新剪辑，再把从其他的影视文本或者是通过玩其他游戏所生产出来的素材剪辑组合起来，制作一些视频，然后传到网上。他们事实上为这个游戏做了免费的宣传，为这个游戏增加了新媒体意义上的传播影响力，这也是赋予了游戏产品以某种价值。在游戏的空间、游戏的平台里，玩家通过自己的游玩行为，运用自己的游戏技巧，使得这个游戏变得更加吸引人。因为很多玩家想玩这个游戏，想在这个游戏里遇到一些奇异的事件，在与队友互动以及与对手对抗的过程中，获得那种惊奇感，所以，这个游戏的吸引力和它的部分价值，事实上是玩家自己创造的。

然后，玩家或者说用户会有意识地上传一些文本，比如视频、图片文本，还有一些文字的攻略帖，等等，他们都在丰富着这个游戏，或者说，是在丰富这个 IP 自身的文化内涵，还有增加其影响力。

同时，玩家在游玩的过程中，在各种各样的媒介使用过程中，会产生出一些浏览的信息，或者是社交媒体的使用信息，或者是个人的消费信息，它们作为某种数据，同样会被那些在数字资本主义时代掌控着大数据技术和云计算技术的公司视作一个新的价值增长点。

当然，还有一种重要的数据，并不是所有游戏都会提供的。比如说，刚才孙静老师提到很多种游戏类型，其中有一些现在正在成为一个新的增长点的类型，比如 VR 游戏（虚拟现实游戏），或者

AR 游戏（增强现实），或者是混合 VR 与 AR 的 MR（混合现实）这样的游戏。2016 年特别火的《精灵宝可梦 GO》，就是 AR 游戏，拿着手机在城市的空间中行走，通过 AR 的系统发现投影的小精灵，捕捉它们并跟其他的玩家去对战。还有 *Ingress*（入侵），也是要在城市空间里行走，通过手机所生成的投影在现实物理空间当中的虚拟影像，形成一个增强现实的效果，同时它会引导你在城市空间行走。这个时候，你的行走行为本身会留下一些生物体信息，因为你的手机装了 GPS，你这个手机必须开通 GPS 才可以玩的。你在这些行走过程中自身会产生一些生物体信息，它们同样可被游戏公司转化为变现之后的某种利润。

游戏劳工和玩工。事实上，每一个游戏玩家、游戏用户都在不同程度上，在自己看似游玩的过程中，为这些游戏公司生产出了一些价值。但是，这些价值又被游戏公司、大平台的拥有者直接占有，这是一个很有趣的现象。它实际上直接地体现了当代数字资本主义的一个新的趋势，就是一些界限的模糊。像我们刚才所说的两个词，“产消者”是“生产”和“消费”的两个概念的合并。它实际上提示了一个重要的趋势和现象，就是生产和消费的界限模糊了。同时还有游戏和劳动的界限模糊了，所以它叫作 playbour，或者说，闲暇娱乐与劳动工作的界限模糊了。它直接涉及我们今天所处的时代的一些新的趋势，原来我们在传统的马克思主义的意义上，会区分生产性的空间和非生产性的空间。比如，我们会说工厂是生产性的空间，工厂之外是非生产性的空间，尤其是家庭，或者说，现在可能很多游戏的玩家不愿意成家立业，他一个人就可以自我满足，保持一种孤单而又不孤独的“宅生存”的状态。这个“宅”在原来的想象里肯定是一个非生产性空间，但是事实上，这个生产性空间和非生产性空间的界限已经模糊了。

另外，我们会说8小时工作制，那个8小时是生产性的时间，之外是闲暇时间和休息时间，8小时工作、8小时闲暇、8小时睡眠，这是福特制时代最经典的24小时的时间划分。但是现在生产性时间和非生产性时间的界限也已经模糊了。同时还有一个有趣的概念叫作“弥散性的劳动”，也是用来指称“游戏劳工”所体现出来的新现象。事实上，劳动是弥散在专业玩家、业余玩家还有游戏主播之间的，这种劳动无所不在、无时不在地发生，只是大家并没有意识到。但是，他们实实在在地为游戏公司生产出可以被他们攫取和占有的价值。然后，这个时候就会有一些新的思考，说是不是应该提倡一种相对于资本主义而言更为社会主义的财富分配方案，让这些游戏公司、游戏平台在一定程度上为这些从事弥散性劳动的游戏劳工提供一些经济补偿等，这些议题也正在被提出。

当然，还有一些更悲观、严峻的论调，就是说，是不是在这样一个自动化技术、人工智能技术还有机器人技术日新月异发展的情况下，原来在工厂里所从事的物质性劳动会越来越多地被新技术所提供的这些自动化流水线、人工智能机器人取代。以后，留给无产阶级的要么是失业，被抛弃在经济版图之外的状况，要么去做游戏劳工，去为有钱人担任代练，或者是在自己24小时的、模糊了生产性空间和非生产性空间之界限，模糊了生产性时间和非生产性时间之界限，无所不在、无时不在的弥散性劳动中，为那些数字资本主义时代的资本巨头生产价值、生产内容。是不是留给无产阶级的将是这样一种状况？这是更严峻的视角。

社会民主派的视角则是说，事实上，游戏公司应该为这些从事弥散性劳动的游戏劳工做一定的经济性的补偿，甚至会有在国外更激进化的左翼的设计师和游戏研究者会说，我们是不是应该考虑，如何在游戏需要团队合作、自主参与的情况下，在这样的媒介条件之下，或者是文化形态之中，去设想一种替代性的方案，不同于资本主义的方案。

总之，事实上，游戏看似是一个娱乐产业，但是在国外已经有很多这样的思考，就是从更宏观的和马克思主义或者是政治经济学相关的角度展开一些讨论。

第二个与此相关的概念是“数据资本”与共同财富的私有化。事实上刚才我们已经涉及“数据资本”了。这些游戏劳工或者是玩工，他们在游玩的过程中事实上已经自主地生产出一些数据信息，比如我们刚才所说的 *Pokémon Go* 玩家、*Ingress* 玩家，通过 GPS 定位技术所留下的生物体在城市空间游动的信息。它们本身是可以通过特定的商业运作来变现的。

事实上，我们可以将电子游戏作为典范性的现象来看，这个情况实际上今天发生在各种各样的数码、数字平台上。我们会使用 facebook、推特、微博、微信等很多社交媒体，或者是在谷歌、百度这些搜索引擎上有很多的搜索行为，它们会留下一些浏览痕迹。或者是电商平台，在淘宝上会留下一些个人的消费信息。这些信息，你在做出行为的时候，就像在玩游戏一样，已经留下了一些数据，它们是可以被投入到大数据技术和云计算技术之下的种种用户分析当中的，为产业资本和金融资本的投资行为充当重要的参考，使得它们不那么盲目，使得它们更有效率。

所以，现在有一个新的概念叫作“数据资本”。比如说，像阿里巴巴这样的公司，它做电商生意，但这个公司最有价值的地方不是它提供的物流平台，而是它已经收集、获取了大量的消费信息，还有各种各样的隐私信息。这是随时可能在工作人员脑洞足够大的时候，在想出某种盈利模式的时候，被投入到各种各样的转化工程中的，它们可以被转化为某种比现在的商品物流盈利更为可观的商业盈利项目。

当然，还有谷歌公司之所以会和任天堂谈合作，去推广 *Pokémon Go* 这样的游戏，它看中的也不只是这些玩家和他们在玩耍的时候所能够产生的利润。更重要的是想要获取那些生物体信息，或者是使得自己的产品，使得自己的一些获取生物信息的端口得以进入千千万万用户的手机当中。这件事情完成了，对谷歌公司来说，目的就已经达到了，这是因为数据资本是一个潜在的、更为可观的资本增长的领域和方向。

这里就涉及一个重要的问题，就是这些数据。比如说，谷歌搜索引擎或者百度搜索引擎上面那些搜索数据，它们是由千千万万的用户共同生产出来的，实际上它们被特定的平台施以私有化的攫取或者是被占有。这其实涉及数字资本主义的一个共同财富私有化的问题。首先是刚才所说的那些界限的模糊，就是生产和消费的模糊，同时在西方，熟悉马克思主义的学者和朋友可能都知道，有一个概念变得非常流行，就是“非物质生产”，或者说这个概念对应的对象好多种，比如说认知生产、信息生产这些类型的非物质生产，其生产出来的产品是非物质性的。所谓的非物质性并不仅仅是说数据、知识和信息，还有一种更重要的通过非物质生产而得以生产出来的产品是社交关系，是社群。特别是像游戏，刚才孙老师也提到了游戏具有更强的社群性和互动性，一个游戏是可以形成特定的社群和社群文化的。但是在当下的产业生态之下，这种社群文化所生产出来的某种其实可以视作共同生产的成果，会被特定的私有化的公司占有，这是一个有趣的问题。

以《王者荣耀》为例，不然讲起来很抽象，会显得是在危言耸听。《王者荣耀》有两个最重要的魅力，当然这部游戏还有很多其他魅力。如果我们一定要说它最重要的魅力，我觉得一个是把MOBA手游化，另外一个是它有好多富有魅力的二次元游戏角色，也就是那些英雄。我个人觉得，如果一定要从游戏本体的角度来讲的话，这两个是最吸引人的地方。

那么，事实上，MOBA这个游戏形式，刚才孙老师简要地介绍了，它就是Multiplayer Online Battle Arena（多人在线战术竞技游戏），就是多人联机在线竞技的游戏，这种游戏模式本身并不是由任何一家公司自主研发出来的。如果我们追溯它的历史就会发现，它是由玩家在共同创造、共同维护的过程中开发出来的一种游戏方式。因为，最早的MOBA可以追溯到1998年的《星际争霸》这样一款即时战略游戏，重要的是，《星际争霸》有地图编辑器。最早的MOBA，今天我们所熟悉的三条兵线、摧毁敌方建筑这些基本的游戏规则，是有一个发展链条的：最早是在《星际争霸》的玩家利用《星际争霸》的地图编辑器自主编辑出了一种《星际争霸》的地图，然后开发出MOBA这样一种游戏模式的基本规则。后来，在2003年《魔兽争霸》这款游戏推出之后，《魔兽争霸》的地图编辑器更加方便，玩家不仅可以设计地形，而且可以设计新的野怪，然后就陆续有若干欧美地区的玩家去完善了一开始由《星际争霸》玩家开发出来的游戏模式，渐渐地形成了一款经典的地图，叫作DOTA。

这种由玩家利用《魔兽争霸》的地图编辑器自主修改出来的地图及游戏方式——DOTA，奠定了我们今天所熟悉MOBA游戏模式。但是，很快这个MOBA游戏模式就被大公司占有，成为它们的一个新的增长点。然而，我要强调的是，实际上，这种游戏模式是由玩家们共同开发，甚至是共同维护，才得以生成的。但是，这样一种我们可以称为“共同财富”，或者是“共同生产出来的产品”“集体智慧的结晶”的东西，事实上现在就被腾讯这样的公司占有，成为其获取暴利的工具。也就是说，这个游戏的玩法并不是由腾讯自主开发出来的，是由玩家们做出来的，但是又被腾讯重新攫取，作为一个私有化的财富，这是一点。

另外一点，我们说那些人物角色，它实际上是涉及我们说的另外一个很有趣的概念，就是我们经常会听到这样一种言论，说《王者荣耀》里的角色体现出一种“历史虚无主义”。

之所以经常会有人说《王者荣耀》涉及“历史虚无主义”，是因为里面用了好多历史人名，但是却赋予他们某种与历史上的人物完全不相干的形象和特征。比如说，荆轲成了一个女性，这是经常被拿来举的例子。还有孙尚香穿上机甲，等等。事实上，一定要讨论《王者荣耀》的游戏角色设计的话，可以借用日本的二次元文化的研究者——东浩纪的一个概念，叫作“数据库消费”。“数据库”指的是在整个ACG文化，也就是动漫游戏文化或者说“二次元文化”的发展史上，由文化产业的从业者和那些御宅族或者说深度粉丝、用户、玩家的同人文化共同创造出来的，或者说共同积累出来的一种“二次元萌要素”的集合。比如说萝莉、正太、御姐、双马尾，这些概念所对应的那些特定的形象、特征，它们构成了一个宝藏，然后《王者荣耀》的角色设计者，事实上是把两个库对接起来，各抽取一些东西拼接出这些新时代的二次元爱好者会喜爱的游戏角色，这两个库一个是在中国源远流长的文化史上由各种各样的神话、传说、历史演义、典籍所构成的文本资料库；另一个是20世纪中期以来，不仅仅是日本的ACG产品，还包括欧美的大众文化产品，还有像《大话西游》这样的中国电影、电视剧的生产者，以及它们的粉丝、爱好者所共同生产出来的一个形象数据库，我们可以姑且借用东浩纪所提出的“萌要素数据库”的概念，称之为“媒介形象数据库”。《王者荣耀》的游戏角色设计从二者那里各抽取了一些元素，拼接出这个英雄。

我们以孙尚香为例。孙尚香是孙权的妹妹、刘备的老婆，她是当时全天下最有权势的几大家族之一的大小姐，同时又嫁给当时最有权势的政治领袖之一。《王者荣耀》的游戏角色设计者实际上从历史上关于孙尚香的记载、演义当中抽取出来只有两个信息点：其一是她乃是大家族的千金大小姐，另外一个是她擅长射箭，所以，她被设计成一个射手类的英雄，然后为她赋予了很多在20世纪以来的大众文化当中，尤其是日本二次元文化当中形成的与射击有关的形象要素，比如说，特定的带有未来科幻感的远程攻击武器。与此同时，在二次元文化中，“大小姐”这个人物设定，经常对应着一个特定的形象，叫作双马尾，这是在二次元爱好者与ACG文化产业的长期互动中形成的一种审美惯例。这个就是东浩纪所说的萌要素，它已经被标签化，叫作双马尾，它经常与“大小姐”这种人物设定形成组合。从媒介数据库那里抽取出双马尾这样的形象元素，然后与二次元化的射手形象搭配，就组成了孙尚香这个游戏角色的基本形象特征。而这种携带着具有未来科幻感的远程攻击武器的双马尾大小姐形象，实际上是对于当代的二次元用户非常有召唤力的。

但是，事实上我要说的关键是，这样一个数据库之所以会形成，是因为有很多玩家的参与。东浩纪在提出这个概念的时候，最重要的一个论断就是：在今天的媒介条件与文化生态下，原创与同人的界限已经变得非常模糊了，因为，在东浩纪置身其间的日本二次元文化的场域当中，无论是所谓原创还是同人，他们都借助那个萌元素数据库在进行着再生产，通过这些萌元素的提炼、组合、再编织、再循环，生产出新的人物形象。《王者荣耀》也不例外。但是，这样一个带有某种共同性的智慧色彩的东西，是在广大御宅族、同人文化参与者的共同参与之下，才得以具有魅力的。也就是说，《王者荣耀》这里的这些角色设计，事实上是从既有的、由粉丝或者说网络用户，或者说二次元爱好者和文化产业从业者共同参与才得以形成的数据库中，才提取出那些重要的形象元素，编织出这些富有魅力的角色，而并不是由腾讯公司原创的角色。这些角色的魅力点，其中的创意，有很多都是从既有的共同参与所创造出来的数据库中提炼出来，然后加以组合混搭，就做出了这些角色。但是，这些角色成为腾讯这款产品最重要的一个盈利方式，就是卖这些角色的特定形象的皮肤。这就涉及我刚才说的某种共同产品或者是叫共同财富的私有化问题。这事实上也是当代数字资本主义的一个重要的趋势。

它还联系到第三个问题。就是我刚才所说的自组织的生产和引导者阶层。在今天的数字资本主义时代，那些大公司，特别是互联网行业的大公司、游戏行业的大公司，未必会直接介入生产环节，甚至可以说很少介入生产环节。生产环节很可能是自组织的，就比如说，在游戏行业很重要的一件事，有一些独立的游戏开发者，或者是小作坊、小公司在生产一些游戏时，大的公司并不从事游戏的开发和生产。那么，大公司做的是什么？大公司做的是垄断核心的信息传播的平台，就是内容发布的平台，只要掌控住这个传播渠道和平台，就可以一劳永逸。因为，那些生产过程中的风险和艰辛，是由那些弱小的、相对自主的、自组织的生产者所承担的。然后，大的公司，像国外的苹果、谷歌，国内的腾讯，可以在不承担开发内容的风险的情况下，通过垄断传播平台就稳稳地获取大量的利润，因为总有一些游戏会得到喜欢。这个现象被称作“引导者阶层”，就是刚才我说的这个概念。

我借的这个概念是在一个被称作《一份黑客宣言》的文献中提出来的。那个词原来是 vectoralist class，那个 vector 就是数学上的矢量，或者说，其所对应的词，就是用无线电给航船引导方向。它实际上指的是，那些大公司提供的只是一个方向，就是我们所生产的信息、内容的传播方向、传播渠道，大公司并不介入那些游戏的开发。那些游戏的开发，由相对小规模的公司，甚至是独立的游戏开发者来进行。小公司或者独立开发者在这个过程中已经具有了很强的自主性，但是，其所生产出来的产品，却因为一定要通过那些被掌控的渠道才能获得大范围的传播，所以，很大一部分的利润会被那些大公司获得。这是今天的一个现象，它不仅发生在电子游戏的行业，还发生在数字资本主义时代的许多行业，就是生产环节相对自组织化、自主化、自治化。但是，数字资本主义的资产阶层攫取利润的地方并不发生在生产环节，并不像在以前的大工业时代，是通过压低工资和改进机器来攫取剩余价值，而是发生在生产环节之外，通过一些金融工具，或者是通过对网络传播平台的垄断这样的方式来获取利润。

然后，它实际上联系着刚才所说的共同财富的私有化。这也是数字资本主义时代那些大公司获取利润的一种方式。这个是国外的一些游戏研究者，他们对产业进行宏观的观察时会指出的现象。

最后一个，是我自己觉得非常有趣的现象，也简单提一下，有一个很流行的概念叫作“游戏化”。事实上，“游戏化”有很多方式，像孙老师试图在自己的教学中引入“游戏化的思维”和“游戏化的方式”，就是“游戏化”。所谓的“游戏化”，指的是我们将我们在电子游戏，或者是更广义的游戏中的一些行为方式、思维方式，运用到所谓的非游戏的场域当中，像现在有很多概念，比如公司管理的游戏化，市场营销的游戏化，或者是教育和学习方面的游戏化。游戏化当然有很多的路径、有很多的方式，像孙老师提倡的是激发大家真正的兴趣、内驱力，然后自主参与到学习过程中，就是一种很好的游戏化的方式。不过，我也是在看一些国外的文献的时候，读到有一些学者在观察、反思“游戏化”概念和趋势的过程中，指出事实上在今天使用游戏化概念的时候，主要是指某种激励机制，就是给你一种及时的反馈，比如说所谓的经验值的增长、等级的增长。我们其实可以看到一个大家很熟悉的例子，像屈臣氏这样的连锁店会给你开通会员，会员在这里进行消费的时候，都可以增长经验值，获得等级，进而获得某种优惠。这个就是市场营销的游戏化的简单案例。在公司管理中，也会利用已经在网络游戏中成型的一些对于网友的激励机制，然后把这些激励机制运用到公司管理的过程中。但是，其背后所遵循的这种逻辑，就是你完成一定的公司派给你的任务，或者是完成一定的消费指标，来积累所谓的经验值并且实现升级。这样的一个逻辑，实际上依然是一种利己主义逻辑。事实上，它是一个在一切行为都可以很快地被记录到大数据网络当中的媒介生态和背景之下所发生的一种利己主义逻辑的数值化。当很多人说“游戏化”可以让看似重复性的劳动，看似枯燥的行为变得不枯燥，比如我们会说，学习很枯燥，那我们通过一些游戏化的方式，让学习不再枯燥的时候，其实这个游戏化往往被狭隘地理解和运用了，狭隘成外在的金钱，或者说外在的奖励机制，而并没有真正地激发大家的内驱力。而只是使资本主义的公司管理和市场营销看似具有某种庸俗的人性色彩，但事实上，却是使得资本主义的公司化管理和市场营销软性渗透到大家的生活之中。原来大家会觉得重复性的劳动很枯燥，不愿意承担，或者是没有那么强的消费欲望的时候，会被这样一种策略所激发。

游戏这个概念，当然比我刚才讨论的数字资本主义语境下主流的电子游戏产业更广了。游戏的可能性是非常广的，游戏化的可能性也是非常广的。我刚才提出的只是一些相对值得我们去批判的现象，不是说游戏就只能这样。

我觉得我今天和大家分享的这几个概念，不仅仅是对游戏有效，可能会给大家观察我们这个时代的游戏之外的很多现象，提供一些参考和借鉴。

最后，我想做一个总结，实际上就像孙佳山和孙静两位老师都提出的，电子游戏产业是非常值得研究的。首先，它的产业规模很大，影响了很多人的生活。但是，既有研究相对缺乏，留有很多空白，有待我们填补。然后，我想指出其中一个重要的研究意义，就是游戏可以作为某种典范性的领域和空间，让我们去观察，让我们去提炼出这个数字资本主义时代的一些重要发展趋势。

（根据速记整理，经过本人校订）

第七十九期

《芳华》
—— 七八十年代的情感结构及其当代呈现

主持人：杨明刚（中国艺术研究院科研管理处）

主讲人：许云泽（腾讯新闻内容出品部）

林　彦（清华大学中文系）

时　间：2018 年 1 月 25 日（星期四）14：30—18：00

地　点：中国艺术研究院研究生楼（二层）6208 会议室

主　办：中国艺术研究院马克思主义文艺理论研究所

编者的话

时值岁末年初，电影《芳华》在获得票房成功的同时，“意外”地受到了社会各界的极大关注，并引发了很多观点截然相反的争议，这使我们必须面对其背后所连带的不同脉络和线索，以及由此映射的多重社会文化问题。的确，20世纪七八十年代，在改革开放的起始阶段，我国同样经历着复杂而剧烈的文化转型，当时的一两代人不得不在随后的漫长岁月里身陷不同文化观念的剧烈冲击和震荡之中。这种冲击和震荡直接渗入他们的情感结构、自我认同和无意识等方方面面，也如此之深地内嵌在当代中国的文化结构中，以至于在时过境迁近40年之后，依然可以掀起如此之大的反响。无论是肯定还是否定、欣赏还是贬斥，《芳华》已然引发了全社会不同年龄段、不同阶层的文化共振，这在21世纪以来的大众文化领域，显然并不多见。

因此，本期论坛旨在以《芳华》的热映和热议为切入点，力图通过对20世纪七八十年代的情感结构及其当代呈现的细致梳理，追溯其历史生成和流变，进而为当代中国寻求更为广泛的文化认同资源。

林彦：影片上映后，我注意到，大量普通观众，无论是那个时代的亲历者，还是更多数的“年青的一代”，在他们所写的评论中，都提到这部电影巨大的“后劲”在其心中久久挥之不去。但同时，也有不少朋友抨击影片在叙事上的支离破碎。我个人同时感受到这两种观影体验，但对我来说，《芳华》在技术上的瑕疵是一个相对次要的问题。这部电影叙事中的断裂、矛盾和悖论，不仅是电影作者的能力缺陷与无法节制的怀旧情绪所造成的。虽然它真正关涉的是影片的编剧严歌苓与导演冯小刚在视角方面的显著差异，但从根本上说，它源自这一代人青春经验的丰富性和矛盾性，以及那一段历史本身的复杂性。这使得电影本身所释放的多重讨论，甚至远远超出了冯小刚或严歌苓本人的意料。

冯小刚与严歌苓的视角差异，使得这部作品存在两条相互关联的线索，一条是关于转折时代“活雷锋”的命运，而另一条则涉及文工团及其所负载的晚期“文革”文艺。这两者实际上代表了始于20世纪60年代前期的两种“样板”叙事。现有关于《芳华》的评论文章大多集中于对前者的讨论，对于后者，往往轻率地将电影归结于一种男性中心的欲望叙事。我试图同时从这两个方面，对现有的讨论与大家进行商榷。

如果说姜文的《阳光灿烂的日子》分享了全世界“68一代”的青春狂热，而贾樟柯的《站台》(这部影片开始于一个县城农村文化工作队的解体）标示了全世界外省文艺青年的青春，因而都具有某种普世性的话，《芳华》则讲述了一个只属于中国和社会主义国家的故事。冯小刚和严歌苓的叙述冲动，来自他们的私人记忆，但这个故事的核心却不是任何个人，而是集体。更具体地说，是一个特定的转折时代中，集体与个人的关系。严歌苓给出的这个故事并不新鲜，它建立在一种惯常批判之上：那就是对个人欲望的压抑。如果说，以《青春之歌》为代表的十七年文学尚且在小心翼翼地寻求“小爱”与“大爱”、“爱人”与“同志”之间调和的可能性，那么，它们之间的对立在“文革”中则被强调到了极致。在样板戏芭蕾舞剧《白毛女》中，大春参加军队的情节被放在喜儿被抢之前，其目的是“使人感到他参军不是为了喜儿”，而上海的原创作者试图在大春归来后让大春与喜儿跳一场表明爱情的双人舞的企图，则遭到了毫不留情的批判，被认为是企图用突出大春与喜儿之间的爱情来“冲淡阶级斗争这根红线”。

值得注意的是，“文革”标定了社会主义文艺转型的一个重要面向：从“大跃进”时期的小写“文化革命”到“文革”之前，社会主义样板戏的叙事核心是写英雄、写模范的“真人真事”，而雷锋就是其中最重要的样板人物之一。但与之不同的是，“文革”文艺的一个基本要求是对“真人真事”的超越。毛泽东的《在延安文艺座谈会上的讲话》中有一段话在这个时期常常被引用：“文艺作品中反映出来的生活却可以而且应该比普通的实际生活更高，更强烈，更有集中性，更典型，更理想，因此就更带普遍性。”江青所强调的“三突出”原则，是对这一原理在文艺形式上的具体化。今天，许多“文革”文艺的研究者们正是基于这一点而展开他们的批判：“文革”文艺脱离了实际，成为一种纯粹理念上的抽象。

我认同这一基本判断，但是，我们是否也能从反面来考虑这一问题：“文革”文艺试图给社会主义伦理赋形，它试图抓住和宣扬的是这一伦理的最主要矛盾和最基本前提。毫无疑问，“文革”文艺压抑了爱情和基于血缘的亲情，因为它认为社会主义伦理从最根本的层面而言不是建立在这两者之上，而是建立在超越这两者的社会主义友爱（当然也包括其反面：敌对）之上的。《红灯记》所呈现的非血缘家庭就是其榜样。

既然“文革”文艺建立在对“真人真事”的超越之上，那么反过来说，在“真人真事”的层面上，依然存在着某种暧昧和调和的可能性。经验与历史告诉我们，社会主义的英雄和模范人物，他/她们身边绝不会缺乏爱慕者，就像文工团里漂亮的女演员们有作为小美工的冯小刚这样的爱慕者一样。在这个基础上，严歌苓笔下的这个故事显出了它最明显的不合理和自相矛盾之处。在小说中，叙事者萧穗子一开始便在猜测对谁都好的“活雷锋”刘峰爱慕的到底是她，还是郝淑雯或者林丁丁。而电影中，当刘峰问萧穗子“你们女生周末都去哪儿”时，萧穗子的回答表明，她早已看穿了刘峰对林丁丁的爱慕。那么，有足够恋爱经验的林丁丁，真的会觉察不到刘峰对她的特别关心吗？而当“触摸事件”发生后，由萧穗子的旁白说出的林丁丁的“惊悚、恶心、辜负和幻灭”，看起来反倒更像是一起蓄谋已久的栽赃：她们早已看不惯神坛上的刘峰，必须要找一个机会将他拉下马来，回到她们这些凡夫俗子的序列中。

这种人神之间的对立，是严歌苓（与她厌恶的“文革”文艺一同）刻意制造出来的。她试图解构的是刘峰所代表的集体主义之友爱/无私。严歌苓的观点也代表了一种普遍的看法：平凡如刘峰者，要是想在众人中找到位置，只能通过“成圣”，通过对他人的慷慨赠予而与他人形成一种债务关系。在小说中，萧穗子的忏悔在于，刘峰希望回赠的不过是一点点“真正属于人的感情”，却被她们拒绝。而在自卫反击战的那个反讽场景中，刘峰希望自己牺牲，目的是被人记住、传播，从而使辜负了他的林丁丁不得不想到他、歌颂他，让丁丁认识到自己对刘峰欠下的无法偿还的债务。然而，如果事情确实如此，那么小说和电影中都承认的刘峰的“善良”，那种只有被孤立的何小萍真正识别了的善良，就与刘峰的这种债权人角色发生了根本性的冲突。除非严歌苓认为，善良并不属于人性，而只有她所着力刻画的人与人的相互踩踏才是人性。

我们不得不认识到，集体主义友爱中存在着真实的内容，而且它并不真的与“我们”所认为的食色之人性构成对立。事实上，雷锋精神绝不是一种债务关系，更不是今天所谓的“烂好人”或“暖男”。雷锋的“使别人过得更好”，包含对（后进）同志的改造和感化，以使每个人都成为更好的人。不要忘记，雷锋不仅是“对同志像春天一样温暖”，还要求“对个人主义要像秋风扫落叶一样”，以及“对待敌人要像严冬一样残酷无情”。而即便在《芳华》的小说和电影中，都还保留了一个可以说明这一点的细节：刘峰的表白发生在林丁丁的入党申请通过之后，这一情节点出了社会主义理想爱情观的基础是“共同进步”。

再来看何小萍的经历。在阅读《芳华》小说与观看电影的过程中，我感到非常惊讶的是，那样笃定地要写出一个特定年代的被侮辱与损害者的严歌苓，却始终没有找到一个真正能表现那个特定时代独有的荒诞性的例子。无论是作为叙述者的萧穗子对何小萍如何在继父家中备受屈辱的极尽夸张的想象，还是何小萍进入文工团后受到的种种排挤和嘲讽，我们在这些故事里竟然看不到严歌苓意在解构的集体主义意识形态对何小萍所施加的暴力，甚至于何小萍的出身都与这些侮辱缺乏直接的关联。而严歌苓所讲的这些故事，已经被当代中国的影视剧从战国时期一直写到了现在。在社会主义伦理的自我想象中，真正的集体主义友爱是建立在自我与相互批评和改造的基础之上的。而在今天的语境中，“改造”与“友爱”是根本对立的。当然，我非常清楚这一集体主义友爱的形式可能发生的异化，但问题或许在于，我们已经无法从真正独属于那个时代的集体主义友爱内部去进行批评和反思，便匆匆将所有的罪过一股脑地推给了“集体主义”。

电影中，对于代表组织的政委这一角色的呈现是矛盾的。一方面，当排练《沂蒙颂》时，朱克因为嫌恶何小萍的汗臭味而拒绝与其搭档时，政委走进来严厉地呵斥：“你们不害臊吗？我替你们害臊！”这句台词似乎表明了他对何小萍所遭受的排挤的不满和对集体主义友爱的维护。然而，当刘峰离开后，何小萍便被这个集体彻底孤立。在高原上，她用调包温度计的方式拒绝代替卓玛演出《草原女民兵》中的小战士。而得知真相后的政委，不仅没有去了解她之所以做出如此举动的原委，放弃了作为政委最基本的思想工作职责（而耐人寻味的是，当政委得知何小萍父亲去世时，他委派刘峰去做何小萍的思想工作），并且直接采取了将计就计的办法，把何小萍架到了一个带病演出的模范位置，逼迫何小萍“就范”。就在这里，电影删去了一个我认为极其重要的段落：何小萍出演小战士的舞蹈段落。冯小刚本人对此给出的解释是，他接受了电影界朋友的建议，为了把最高潮的部分留给影片最后何小萍的草坪独舞。但是，我们可以想见在这段舞蹈中，何小萍是如何在这场由她亲自导演的假戏中差一点信以为真，而对这个集体重燃希望：因为《草原女民兵》中一个最重要的段落，是何小萍扮演的小战士因马匹受惊而遇险，而赶来的民兵队长帮助她脱离了险境，并教给她驯服烈马的方法。这个舞蹈段落，与演出结束之后政委立刻宣布的对何小萍的放逐，构成了极其强烈的对照。

我们不应该忘记，学雷锋运动如火如荼的60年代前期，最中心的问题是“年青的一代”能否接班的问题。1964年8月3日，《人民日报》发表题为《培养和造就千百万无产阶级革命接班人》的社论。社论中列出了“革命接班人”的五种最重要的品质。其中一条是：“必须是能够团结绝大多数人一道工作的无产阶级政治家。不但要团结和自己意见相同的人，而且要善于团结那些和自己意见不同的人，还要善于团结那些反对过自己并且已被实践证明是犯了错误的人。”就如萧穗子在旁白中的感慨“谁也没有设想过我们这支队伍没有了刘峰会怎么样”，刘峰是集体主义友爱的具体化身，没有了刘峰，集体便土崩瓦解，沦为空洞的“组织”。何小萍与刘峰所遭受的，是来自集体主义友爱的怀疑者（严歌苓笔下的萧穗子们）与维护者（政委）们的双重背叛。

电影中另一个造成内在矛盾的因素是冯小刚与严歌苓视角的分歧。冯小刚似乎真诚地相信集体主义友爱的存在。唯其如此，他才能将文工团的散伙饭和郝淑雯、萧穗子与刘峰在海口重逢的两场戏施以浓墨重彩，使之成为影片下半段中最主要的煽情段落。但是影片的自相矛盾之处，不仅在于这些战友在对待何小萍与刘峰的冷酷与片刻温情之间的强烈对照，而且恰恰在于离开了“集体”的“战友情”的虚幻性。杨俊蕾的文章《〈芳华〉：民间立场分化时代的伪救赎》指出了影片下半段用战友情作为社会黏合剂的不可能性。当郝淑雯轻松地撕掉刘峰递来的借条，使之真切地成为一笔（不仅是金钱意义上的）不可归还的债务，更由此标示了刘峰与郝淑雯之间无法逾越的鸿沟。颇有意味的是，恰恰是在曾经的“我们来自五湖四海，为了一个共同的目标走到一起来”的“集体”中，陈灿有可能掩饰其高干子弟的身份，而郝淑雯炫耀其高干子弟身份的方式，也顶多不过是“江山都是我们打下的”的拌嘴，与“我可是跟我爸在靶场泡大的”的得意。然而，就在这个集体最后一次演出结束的当晚，郝淑雯“门当户对”的宣言一下子就击碎了萧穗子的漫长暗恋。身份的鸿沟从此变得不可跨越。而她们在海口的重逢，最令人唏嘘的并非陈灿不再吹号，而是曾经掩饰出身的陈灿如今成了钱串子，正在志得意满地到处“拿地”。

集体主义的友爱是有边界的。没有敌对，就没有友爱。接班人的问题与出身、血统问题纷繁复杂的纠葛，导致了“文革”初期的青春之殇。但无论如何，在社会主义伦理的自我想象中，毕竟还为超越出身的“友爱”留下了些许可能性。位于这个可能性中心的是“改造”。《芳华》试图呈现转折时代集体主义友爱土崩瓦解的过程，但它却始终没能真正从这一过程的内部去思考它。

《芳华》上映后，我看到有人质疑：为什么电影要将这么多篇幅留给唱歌跳舞？这些东西有那么重要吗？在许多人看来，这些歌舞场景不过是些花边式的怀旧符码，更有甚者，直接斥其为用“白花花的大腿”进行的色情引诱。我无法在此追溯从抗战时期的战地服务团到今天的部队文工团的历史，但是在我看来，我们今天几乎已经无法理解为什么文艺曾经在中国的社会政治中占据如此核心的位置。

《芳华》这一影片中故事所设置的年代，恰恰是一个全民文艺的时代。事实上，《芳华》只呈现了属于那个时代的精英文艺的侧面。作为徐州文工团曾经的手风琴手和大提琴手，王安忆在以文工团为题材的中篇小说《尾声》中讲述了一个非常有趣的细节：70年代初期，样板戏风靡全国，“当农村、学校、工厂、幼儿园都成长起了无数个吴清华、喜儿以后”，他们这种水平不上不下的地方性文工团突然失去了存在的价值：“文工团有整整两年没演出。”在大大小小的部队和地方文工团之外，是千千万万个业余毛泽东思想文艺宣传队，在那个时代，大多数年轻人有过公开演出的经历。而这是一段被真正忘却了的历史，在学术界极少有人研究，而在新时期公开出版和放映的文艺作品中也极少被呈现。前阵子，当一位韩国同学问我，为什么在中国从来看不到年轻人跳舞时，我几乎无言以对。上一代人，经历了集体舞—忠字舞—样板戏—交谊舞 / 迪斯科—广场舞的完整序列，但舞蹈，尤其是公开舞蹈，却是在我们这一代人身上消失了的身体语言。当然，存在着业余舞蹈爱好者和各种舞蹈亚文化的群体，也存在着封闭空间内的私密舞蹈，但作为公共语言的舞蹈已经消失了。

在《芳华》中，冯小刚避开了《红色娘子军》和《白毛女》等更为人熟知的样板芭蕾，而选择了《草原女民兵》《行军路上》这两部代表 70 年代战友文工团的中国舞作品，而《沂蒙颂》也是根据芭蕾舞剧选段改编的中国舞群舞节目。在央视电影频道的《芳华》特别节目中，冯小刚坦言，他拍摄《芳华》的一个主要动因就是《草原女民兵》这支舞蹈。不同于江青主导的样板戏，《草原女民兵》是 1970 年由周恩来提议创作的。在欢迎西哈努克亲王的晚会上，战友文工团表演了一个表现汉族女民兵的舞蹈《塞上花》。周恩来看后，认为“表现马上生活，蒙古族舞蹈比汉族舞蹈更有表现力”，从而促成了《草原女民兵》的创作。这部融合了蒙古族民间舞蹈和芭蕾舞、中国古典舞，乃至艺术体操和杂技技巧的舞蹈完美地贴合于周恩来在 60 年代前期提出的社会主义文艺理想：“革命化、民族化和群众化（‘三化’）。”而舞蹈中出现的劈叉大跳、举枪射击等动作，又明显地受到了《红色娘子军》的启发。这支舞蹈包含了一连串难度极高的跳转翻组合，在欧洲传统芭蕾舞中，这些动作只可能由男演员来完成。

电影中还短暂出现了舞蹈《洗衣歌》的画面。不同于《草原女民兵》在舞蹈技巧上的超高难度，这支在1964年“三化”鼎盛时期由西藏军区文工团创作的舞蹈，因其源自日常生活简单而形象的动作，几乎是毛泽东时代中国流传最广泛、最家喻户晓的民族舞蹈。作为80后，我至今记得90年代初期在父母学校的礼堂里观看学生表演这支舞的情景，那是我记忆当中的第一支舞蹈。然而今天，除了舞蹈界和一些业余民族舞爱好者，这支舞蹈已几乎不再出现在大众的视野中。舞蹈借藏族姑娘帮助解放军战士洗衣服这一日常小事，表现“军爱民，民拥军”的社会主义友爱。其中男女互相追逐的场景，避免了任何私情的暗示。

最后一支舞蹈《沂蒙颂》改编自中央芭蕾舞团的同名芭蕾舞剧片段《愿亲人早日养好伤》。莫言曾在他的短篇小说《天花乱坠》中描述了他当年在青岛歌舞团的慰问演出中听到这首歌曲时的激动：“‘蒙山高，沂水长，俺为亲人熬鸡汤……’几句歌儿从幕后升起来，简直就是石破天惊，简直就是平地一声雷，简直就是东方红，简直就是阿尔巴尼亚，简直就是一头扎进了蜜罐子，简直就是老光棍子娶媳妇……”《沂蒙颂》是“文革”最后一个样板芭蕾舞剧。这部舞剧脱胎于抗战时期沂蒙老区的明德英（红嫂）用乳汁救助八路军伤员的真实故事。然而，其中最核心的“乳汁救伤员”情节却并没有在舞蹈中得到直接的表现。铁凝在中篇小说《麦秸垛》中描写了当时在农村放映《沂蒙颂》舞台影片的情景。当英嫂为战士喂装在水壶中的乳汁时，放映员在画外大喊："请大家注意，那不是水，是乳汁。"2017 年夏天，中央芭蕾舞团复排并上演了由原版《沂蒙颂》精编而成的芭蕾舞剧《沂蒙情》。这部舞剧直观地呈现了女主角以乳汁救助伤员这一核心情节，却不想引发了观众的大笑。我的一位舞蹈迷朋友则干脆在社交媒体上称其为"雷人"和"毫无逻辑"。

显而易见，《芳华》中的歌舞场景并非对"文革"文艺的忠实再现。只要我们对比一下 1976 年上映的"文革"最后一部舞台艺术片《百花争艳》中的原版《草原女民兵》以及《芳华》中的开场舞，就很容易看到其中的不同：腿部和手臂动作的力度减弱了，严肃的神情被代之以微笑，眼睛微抬望向画外远处的坚定的"社会主义凝视"变为向近处聚焦的柔和目光，而在萧穗子的独舞段落中，分队长给她的提示不是"再坚定一点"，而是"再柔美一点"。而在原版《沂蒙颂》中，《愿亲人早日养好伤》是一段女主角的独舞，在《芳华》中则被改编为由男女双人舞构成的群舞，而且在双人舞中出现了"文革"文艺中不太可能出现的托举动作。但是，我依然坚持认为，《芳华》的舞蹈段落令大部分观众心醉神迷的原因，并不是来自男性导演镜头的色情凝视。毫无疑问，芳华的镜头语言中虽然包含了这一因素，但这恰恰是来自与今天只作为个人欲望表达的单一美感形式有着全然不同起源的社会主义文艺对前者的超越。这些被遗忘了的社会主义文艺经典通过《芳华》的影片镜头得以陌生化，不料竟然激起当代人如此强烈的美的感受。我甚至认为，不论对冯小刚导演存在怎样的个人好恶，随着几代人的老去，冯小刚几乎成为最后一个可以呈现社会主义文艺特定美感的中国电影导演。这是一部几乎只有冯小刚才能拍的电影。在将近五十年之后，冯小刚用美轮美奂的视觉呈现，做到了当时样板戏电影在电影的技术环节尚无法实现的事情。虽然他的作品无法与“文革”时期对一个作品长时间进行精雕细琢相提并论，但冯小刚也通过挑选来自顶级院团和舞蹈学校的演员，并提前三个月对其进行集训的导演安排，尽可能地使作品接近当年的艺术水准。这是对毛泽东时代舞台艺术电影的致敬，但同时，这也很有可能是红色文艺在中国电影中最后的华彩乐章。

在电影中，对越自卫反击战的结束标志着文工团使命的结束，同时也标志着红色文艺在短短几十年发展到它的美学最高峰（以样板戏为代表）后的戛然而止。当然，这一转折在历史中不是一蹴而就的，而是一个缓慢的过程。王安忆在《文工团》和《尾声》中记录了“文革”结束后的文工团是怎样一步一步走向安乐死的。她所在的徐州文工团原本是一个柳子戏剧团，文工团成立时，年轻人认为自己代表了真正的新文艺，而原本的老艺人则成了合唱队里的“左嗓子”。可是当“文革”结束，曾经的年轻人突然发现，其实自己既不够新，也不够旧。城市中的人们迅速被邓丽君和电吉他“拐走”，而在农村的老人们却依然更愿意听复排的老戏。他们试图做出抵抗，但无能为力。《芳华》中，独唱演员林丁丁听到邓丽君的歌声，不禁感叹：“还能这么唱歌呢！”而那一刻，我想起我的母亲——一位最后一届的工农兵大学生。她从公社宣传队唱进了大学艺术系，后成为声乐教师直至退休。在几年前我俩的一次闲谈中，母亲突然说起：“我现在觉得邓丽君唱得不错。但在当时我并不那么觉得。”在当代关于新时期起源的主流叙事中，“邓丽君转向”成了一种近似于启蒙话语的存在。贾樟柯的《站台》就是这一话语的产物。《站台》开篇，文化工作队在农村演出《火车向着韶山跑》时的戏谑态度，与影片后段崔明亮跨步登上舞台嘶吼《站台》的那种忧郁与粗粝的诗意形成了强烈的反差。而来自我母亲与她的许多同代人的不甘却无能的抵抗，在历史话语的统治性力量下，终结于无法治愈的失语症。红色文艺慢慢窄化为一种特定的晚会艺术，成为一种唱法或一种舞蹈语言，最后，成为一代人的身体记忆，和无法被时代识别的集体无意识。

在电影《芳华》中有一处对小说的改动，小说中郝淑雯的身份是舞蹈演员，而在电影中，她成了乐队的手风琴手。无论是因为选定了会拉手风琴的演员李晓峰而做出这个改动，还是为了这个改动而特意选择这名演员，在我看来，这都是一个能让人会心一笑的改动。在毛泽东时代，手风琴因为便携性和足够的音量，成为最适合跟随文艺宣传队在田间地头、校区厂房演出的伴奏乐器，也因为它相对钢琴更为低廉的价格而成为那个时代最风靡的键盘乐器。在我的孩提时代，手风琴依然在琴童中极为普及，但它在21世纪的命运，就如同社会主义文艺本身，随着多媒体伴奏器材和钢琴的普及，也随着游击式的文艺演出形式的衰亡，一种乐器完成了它的历史使命。手风琴渐渐变成一种小众艺术。

在那场终结了文工团使命的战争中，镜头由受伤的刘峰转向林丁丁领唱的《英雄赞歌》，这是电影作者意图设置的一个反讽场景。林丁丁对刘峰的背叛反照出她歌唱英雄的虚妄性。然而，如果了解这场战争背景，并将之对照于《英雄赞歌》所描绘的抗美援朝，人们在这一场景中所感受到的反讽性，显然远远超出作者的意图。冯小刚在电影中既没有说明这场战争谁是对的，更没有交代这场战争的性质，甚至在镜头中几乎看不到敌人的影子。某种程度上，这种处理反而成为对这场战争的准确的隐喻。在80年代为自卫反击战而写的《血染的风采》《月光啊，月光》等歌曲中，再也没有了“人民战士驱虎豹，舍生忘死保和平”，而变成了对流血牺牲与战士生活的抽象抒情。在这个意义上，何小萍那一段令人战栗的草坪独舞，即是对一代人身体记忆的召唤，从而将舞台内外的空间并置转化为一种时间并置。与之相比，无论是《站台》中在县城税务局办公室里独自起舞的尹瑞娟，还是《立春》中幻想自己站在巴黎歌剧院舞台中央高唱《为艺术为爱情》的王彩玲，她们那种只属于“无法发育完全的成长小说”（刘皓明语）的青春之殇，就显得太轻太轻了。

开启于1911年辛亥革命和1917年十月革命的20世纪中国，其所包含的忠诚与背叛，最终在萧穗子云淡风轻的旁白中化为青春流逝的线性时间记录。20世纪是伟大的世纪，也是短暂的世纪。

许云泽：我先介绍一下我谈论这个话题的一些背景，我在1月初做了一个以《芳华》为切入点的报道稿件，当时我联系并采访了一些与作品时代相近的文工团文艺老兵，也因此在这个过程中接触到了大量真实的历史事件和个人历史经历，此外我也去接触和了解了《芳华》这个作品的创作团队和剧组，现在就来跟大家分享一下我个人在这些经历当中的思考。

首先我想申明的是，我觉得现在用对《芳华》这个电影进行文本细读的方式来接近我们需要谈论的那个时代，试图了解历史的真相，并且希冀从中找出当时人们逻辑和意识层面的吊诡之处，这是行不通的。《芳华》作为一个个体样本，它能在多大程度上承担起这样的文本细读？我认为是基本不可靠的，因为这个文本本身具有极大的暧昧性。正如林老师刚才讲到的，这里面逻辑不通，故事剧情有断裂，创作者的思路、视野也有很大的矛盾。那么在这个较为可疑的文本基础之上产生的传播效应和受众反应，以及由此产生的舆论发酵，也就很容易、并且已经出现了与之相应的同构的暧昧性。

我们来梳理一下这个文本。第一，从创作动机来看，我并不认为，无论是严歌苓创作小说的动机，或者冯小刚拍电影的动机，是为了获取受众以及研究界的论断；这个作品究竟意在美化还是在批判？创作者本身可能不存在更希望听到哪一种论调的动机倾向。他们没有主动提供这样的东西。先说冯小刚的创作，我们可以看到，他在作品中提供了四个敏感词，或者说这部片子有四个关键词：一个是文工团，一个是“文革”，一个是越战，一个是老兵，它是由四个部分组成的。从主题上看，我认为这部影片也是双主题的，它分在“文工团”主题和“老兵”主题之下，用片子的前半部分和后半部分，分别进行叙事。

《芳华》这部电影的时间跨度非常大，它相当平均并且匀速地提供了这四个敏感词，然后指向所谓的“那个年代”。为什么要选择这四个敏感词？从冯小刚的一些公开言谈中我们大体可以看到，他觉得自己可以对市场上的作品进行补位，甚至公开讲过“我在打擦边球”，觉得“这件事情只有我来做，我有这个社会责任”。无论是社会责任还是历史责任，作为第五代电影人的代表，冯小刚自觉意识到他应该要做这样的事情，要主动触碰这四个敏感词，因为没有人去碰；然后再由此来引发一些矩阵化的效应，产生话题的发酵。这是冯小刚一方面的创作动机。

这个作品的电影编剧是严歌苓本人，那么从小说到戏剧剧本、再到影像，其间有很多因转轨造成的差异，因为小说创作和剧本创作的规律是不一样的。比如在电影文本层面，叙事的一个最重要的任务放在了让所有观众站到刘峰和何小萍这一边；这是因为按照类型片的规律，戏剧故事当中要有独立的主角，两个小时的电影要有中心化角色叙事，这种转轨更多是从创作规律的内部去考量的，而首先不是主题和意识层面的转变。

第二，我们从剧情前后的断裂来看这个文本的暧昧性。刚才林老师说到"文革"，说到社会主义批判和奖惩观，我觉得与其判定社会主义奖惩观是不正义的，不如使用"随意性"这个词：它不是一个制度化、法制化、标准化的规章，而更多是随意的、是权力的任性。这个随意和任性是潜伏在制度这一大背景之下的。

《芳华》这部电影在某种意义上是双主题的。前半部分，它建构了一个封闭的文工团的叙事环境，然后在当中讲述人与人之间的关系，更进一步讲集体主义和个体之间的关系。这主要是戏剧情境、戏剧人物和人物关系的逻辑；电影的后半部分引入了战争，从真实时间和故事的发生时间这两条线索上来看，引入战争都是顺承的，是首先从时间的线索捋到了战争，以及随之而来的社会变化。而从剧作层面上来讲，这个新引入的叙事线和情节线，打破了前半部分的封闭系统以及戏剧情境，将叙事时空扩展到更大的时空当中去，为了实现叙事的饱满程度，作品也必须开启另一个大事件的演绎。

片子当中，文工团开始解散了，四个关键词中“文工团”这部分的叙事任务也就被放下了。资本市场开始冲击中国社会，从社会结构到道德体系各方面，比如联防队敢打英雄了，这就是“老兵”的主题了。

从前半部分来说，关于集体和个人这方面的叙事和艺术演绎，我们看过无数艺术作品，我认为《芳华》在讲集体主义这个主题的时候，它全程是“已知”的，并没有跳脱出常规的集体主义的叙事模式来提供关于集体与个人的关系、集体当中个人与个人的关系等更多角度、更多答案和更多可能性。你看电影的时候就会知道，是这样，会怎么样。它其实是被我们“已知”的集体主义话题叙事模式化的产物。

来到战争阶段，谈到“越战”这个敏感词，它的话语是“不详”的，仅仅提供了非常模糊和遥远的背景，这是为什么？我想，这是不是从另一个角度表明，它不需要去触及真正的历史真相。这个战争是如何发生的？这个发生其中有多少不为人知的道理？影片对这一点是回避的。另外，它对被卷入旋涡当中的社会民众也好，或是参战的老兵群体也好，再具体到片子当中的戏剧主角也好，并不提供思想和价值理性的介入。那么，为什么要引入战争情节，一直写到战后他们命运的落魄呢？把这个叙事的战线拉得越长，意识形态的导向就越模糊。但是从创作角度来讲，把更多的时代元素加诸个体身上，描写悲剧，讲到刘峰断了一条胳膊，此后又沉沦了、受人欺侮了，等等，这是在用逆境的戏剧设置来强化人物的对抗，从而起到塑造角色、表现性格的作用，这是基于创作思路安排情境和情节。这和大多数悲剧性的作品也并无二异。

所以我说，用文本细读的方式来分析《芳华》，并以此去接近一个时代和历史的真实，会产生很多误读。这个作品是一部刻意不提供意识形态导向的、刻意不主动提供历史观的作品。林老师讲到，它是红色文艺的，或者是社会主义文艺的。我觉得这部作品可能不太一样，因为红色文艺是有明确导向和立足点的。《芳华》在审美趣味上和红色文艺、社会主义文艺是比较接近的，比如我们谈到的集体和个人关系的主题。但是在历史观方面，它是主动放弃的。因为与其提供明确的态度，立一个靶子，接受认同或者反对，接受批判，其实是不如暧昧的。因为只有放弃艺术形态和历史观，它才能收割更多层面的受众。提供态度就会分化受众，因为面对这些历史问题时，现实社会当中仍然有着相当强烈的群体壁垒。那么我放弃，我只是进行一段叙述，提供时代的一个截面，由受众自己来批判，或者由受众自由寻找身份认同，这样这部影片才能够收割更广泛的观众群体。因此说，这种放弃，一定是主动的。

电影有其大众文化产品的属性。作为一个产品或者说一种商业行为，在策划阶段就要解决受众选择的问题。而作品最后呈现出来，为什么一部分人感到它没有达成深刻的批判，另一部分人却说你是在丑化那个时代，因为从电影作为产品的策划阶段，它对受众的诉求和目标，就并不打算触及这些结构性的社会问题，比如结构性的暴力、恶，它的选择是将影片的着力点放在具体人性方面，放在关于人性的价值观上。虽然说它提供的关于人性的展示、思考、价值导向，我们仍然可以认为是不新鲜的，是较为“已知”的，甚至是具有典型套路的，而且它的叙事技巧和人物塑造也不具备独创性、创新性，但是也正是因为有典型的套路，才能把各种元素以一种经过实践检验、必然行之有效的精准的心理节奏和落点进行组织、安排和输送，最后再把价值落在人性上。而关于这个作品提供的人性层面的思考，其实也可以认为它也没有提供关于人性更大的忏悔、毁灭或者救赎。作品甚至也没有打算给受众提供疗愈功能。观众在电影院里，在那样一种观演关系的场所里面都哭得稀里哗啦，正在于这部影片提供的人性讨论是浅层次的，因为越深入和复杂的层次，激起的就越不是简单的情绪，而应该是思考。

如果谈论那样的历史背景、时代特性，那些相对表面的症候之下，关于人性更深层次、更隐秘和细微的存在，我想到了一些我在采访过程中听到的不少细节。比如我采访过总政文工团以前的一位舞蹈团团长。他参加过越战，几次上战场到前线。我们现在也可以认为在那个时代，他是获利者，包括说他混得很好，他能够参军、入伍、进入文工团，甚至上战场，其实某一方面是一种基于个体实用主义的考量。为什么这么说呢？因为他原来在地方上的一个工宣队，由于想要获得更好的教育资源，想要提高自己的舞蹈业务水平，在当时他最好的选择就是去部队的文工团，甚至这是唯一的选择，因为资源的高度垄断。但这个人给我讲了一个故事使我对他“获利者”的身份大为改观，他说在老山前线有我方的据点，称为“猫耳洞”，分布在深山里，猫耳洞只能容下三到五个人，政委、指战员这样的领导虽然住得稍微大一点，但都是山洞。有一次执行任务，他去一个猫耳洞里发现那里有三个战士，他去给他们喂饭，并且表演节目，同时承担文工团文艺兵和医护人员的职责。关于文工团在战争当中的作用，我也了解到，如果战士们不接受一些精神层面的鼓舞，或者是一些情感方面的滋养，容易逃跑甚至自杀。猫耳洞非常矮，进去以后连蹲着都不容易，战士们十天半个月是匍匐在里面过活的。文艺兵进去以后根本站不起来，但是还要表演节目。这是非常真实的一个场景，甚至非常极致，这个场景其实几乎不存在任何外力，比如上司在命令、监管你时你必须要完成任务。这个场景里面，人性脱开了历史，脱开了结构性的种种压力和动力，“文明”在这里可能都不大起作用，几乎是人性的即时的本原。而他给三个战士跳了《十五的月亮》。他只能一边自己唱着歌，一边盘坐在地上，用手给他们表演舞蹈。在真正历史褶皱里的这个细节，提供的其实是一个极其深幽，同时也非常有趣且充满未知的可能性。在废墟般的猫耳洞里，仅上演舞蹈的五分钟时间内，一个人找到另外三个几乎被世界遗忘和抛弃的人，他们共同面对死亡的恐惧，共同面对战争灾难带来的血肉模糊的恐惧。在五分钟之内，这四个人完成了一个最小也最核心的单位的人与人之间的相互慰藉。这不需要任何外在的机制，而是要求极其个人化、具体化、特性化的人性作为支点。

但是《芳华》不是，这部影片提供的是大众消费品水平的人性支点。它讲的人性是恶、是平庸的，道德是相对主义的。世事变迁，大家都变了之后，我们再次相见，你变成这样，我变成那样，一通唏嘘，充满一种普遍的、模糊的命运感。

上面我基本说明了《芳华》这部电影作品文本的暧昧性。现在我们来谈文本的暧昧性必然导致它在大众文化方面、学理研究方面，以及娱乐消费方面所产生的发酵的暧昧性。它们其实是同构的。

首先应该提到，这是一个前所未有的议题。研究产品投放后的受众反响进而根据反响来调整规划，这在普通消费市场是常规操作，但电影消费市场是近一两年才开始这样。2017 年，关于《前任 3：再见前任》(以下简称《前任 3》) 为什么那么火，业界和学界都有过很多解析。概括起来，基本都化约到小镇青年这一议题上。但我觉得这是一个伪命题，谈论爆款产生的原因为时尚早。《前任 3》是一个偶然事件，包括被学者们更广泛研究过的《战狼 2》，它的火爆也是一个偶然事件。为什么之后跟风而来的同款类型片都哑掉了，比如《空天猎》。无论是从市场的细分，或是从受众和社群心理的接受类型等方面进行分析，这实际上都是一个滞后的、为了阐释而阐释的行为。我怎么去解释《前任 3》的票房，现有能用的概念只有小镇青年，所以我就在这个概念上重复阐释。在这一点上，学界的理论大幅度滞后于业界的实践，而业界自发的、基于商业逻辑的数据分析，仍然缺乏底层工具。学界的理论分析与业界的实践之间并没有形成有机关联。

而《芳华》引起的话题爆发又是不一样的，它把深潜于这个社会公共话语当中很多年没有一个点可以去引发的大量的民众表达欲给引爆了。在这个表达欲当中，有怀旧情绪，有群体跟风，有寻找身份认同，也有去溯源时代大结构之下的真相诉求。这些诉求在心理层面其实一直没有断过，而它们集中地被《芳华》这部片子引爆了。这才是《芳华》舆论发酵背后的支撑。至于这个电影到底好看不好看、导演的手法是高级还是普通，目前这类讨论是没有意义的事情。

我采访过一位93岁的老太太，她参加过抗日战争、解放战争，内战结束以后又去朝鲜战场，最后还上了越战战场，她是文工团的人；我也采访过为了参军和父亲脱离父子关系的郁钧剑的战友，以及唐国强在工宣队的队友；甚至采访过总政、空政、海政、前线歌舞团，战前、二炮、军舰文工团，从高到低都有。从总政这样的中央级别到地方每一个连队下属的，有的人有部队编制的军人身份，有的人在一些阶段因为政策原因又不是军人身份的，大概一共联系到40多个人，他们可以被笼统地称为文工团的文艺老兵；这些人有的现在过得很好，有的也混得非常差。其中有一个非常有趣的现象是，提到《芳华》，他们没有人主动表示这部电影是在演他们的故事。《芳华》一部分的取景就是在总政，但凡总政去看的人都对这部影片嗤之以鼻。他们有的人看了、有的没有看，但是大家都认为，我没有必要去看，我对它产生不了兴趣。这就跟我们在媒体上看到的所谓引起大面积共情，有很大的区别了。观众当中有一些人是50后、60后，有的是普通人，有的是士兵不是文艺兵，当然也会有正好就是文艺兵的人，但《芳华》显然并没有在它着力塑造的文艺老兵群体里收获看似理所当然的受众。

刚才林老师提到一点，为什么选了黄轩这个形象非常好的演员去演实际上非常猥琐、非常平庸的角色？在我们的想象当中，在类似《芳华》这样的作品所塑造和提供的人物形象当中，文工团必然是俊男靓女莺歌燕舞。但是其实我拿到的老照片里，文工团里的大部分人，就和在座各位长得一样，在长相以及艺术气质之类的维度上，是非常普通的。这是为什么呢，在延安文艺座谈会以后，尤其是在“文革”开始的一段时间，我们的国家经历了裁军、扩招、裁军、再扩招的关于军队的改制和动荡阶段。70年代，军队面临严重断档的景况，没有人，那怎么办？只能从地方的工宣队抽调。我曾经采访过一位从东海舰队文工团合并到海政的干部子弟，她一开始是在部队的卫校做护士，组织上安排她在医院好好干，几年之后公费资助她上大学，这对她来说其实是一个很好的出路。也不是大家想象的那样，所有的干部子弟都要去以及都想去文工团，不是的。个人还是有不少选择，而这位采访对象当时她是非常不愿意去文工团的。在这个事例中我发现，除了总政这个级别的文工团是非常专业的，要考很多级，要参加面试，在专业上需严格考量之外，绝大多数文工团招人都比较随意。我这个采访对象被招进文工团的理由是她长得有工农兵的形象气质，符合代表工农兵去参加全球会演、受到毛泽东接见的形象要求。什么叫工农兵形象气质？其实就是朴素，只要有朝气，属于劳动美学那一套，而不是艺术性和审美性，也就不大存在所谓的情色意味。他们的专业能力也都很差，20岁招到部队里才从零开始压腿、抻筋，可以想象当时的专业水平和演出水平到底是什么样子的。而且当时的表演内容，也是非常具有集体主义美学特征的，比如排演《洗衣歌》《打秧舞》，一要人多，二要气势大，就是要显示社会主义欣欣向荣的气象，表现出我们的部队有朝阳一般的气质就好。独舞的资格是非常少的，大部分时候也不排演独舞节目，并且当时没有什么人真的具备那种业务能力，比如当时的《红色娘子军》就已经是达到了一个很高的要求。因此，《芳华》当中“文工团”这部分的叙事和演绎，故意露大腿、把所有人拍得都很美，确实是一种男性视角的意淫。有评论称其为冯小刚自己的春梦，具体到冯小刚的生平经历，也正是因为他根本不了解文工团的真实情况，所以充满了幻想。这个幻想对他来说是原发的，也不算是为了故意诱导观众才这样拍。真实的文工团从文艺水平上可能跟我们比较熟悉的每个企业年会大家上台去表演节目没有任何区别。

最后，我想说的是，我们在谈论这个作品的时候，在多大程度上要跳脱出自身的经验，真正指向我们今天这个论坛需要谈论的50后、60后这个群体，指向他们在七八十年代以及在当下是如何寻找身份认同和集体记忆。更年轻的学者，无论是自由派还是新左派，我们关于那个时代和那个社群的个体经验的了解，大多数都是由二手资料得来的，与现实经验隔了一层。我们始终有批判的冲动、有理论建构的冲动，这些冲动从源头上限制着我们的研究视野。在多大程度上能够跳脱开如此多类型的经验的限制，然后再去看这个作品，其实更重要的是去看历史的真实。我认为这个作品并不值得作为当下学者进行历史索骥的重要参照。这样一部文本暧昧、叙事断裂的可疑作品，竟然可以发酵出现象级的公共话语和社会议题的言论场，这才是今天最吊诡之处。

（根据速记整理，经过本人校订）

第八十期

"亚文化"正在"主流化"？

——网络亚文化的当代形态和未来影响

主持人：孙佳山（中国艺术研究院马克思主义文艺理论研究所）

主讲人：林　品（首都师范大学文学院）

　　　　薛　静（北京大学中文系）

时　间：2018年6月21日（星期四）14：30—18：00

地　点：中国艺术研究院研究生楼（四层）第五会议室

主　办：中国艺术研究院马克思主义文艺理论研究所

编者的话

关于亚文化概念的明确理论阐释，最早可以追溯到20世纪四五十年代美国社会学界的相关讨论和六七十年代英国伯明翰学派的文化研究，早期从事亚文化研究的英美学者倾向于强调亚文化具有反抗性与颠覆精神，积极地寻求某种小众的风格。20世纪六七十年代以来，以青年文化为主体的各种面目的亚文化现象，由欧美、日韩等国家和地区，不断向世界其他区域蔓延，成为20世纪下半叶横跨不同肤色、民族和国家的，几近全球性的一大文化现象。

然而，进入21世纪以来，以移动互联网为表征的史无前例的媒介迭代浪潮，不可避免地带动了各个领域、各个层级的文化经验的更新。中国作为世界上移动互联网普及程度最高的国家之一，以网络文化为主体、以网络一代为主力，其亚文化形态也发生了翻天覆地的变化。而且，只要对21世纪第二个十年我国出现的亚文化现象稍加关注，就会发现，其已经大大挣脱出20世纪50年代以来诞生于欧美的亚文化范畴。亚文化的核心定义还是不是抵抗？何为抵抗？以不与主流直接对抗的方式存在，是否也是一种抵抗？

本期论坛以《破壁书：网络文化关键词》的出版为契机，力图通过对我国当代青年亚文化的基本特征、形态和格局进行较全面的梳理，从而为进一步深入探究正在主流化的亚文化——这一具有复杂、多义历史影响的文化现象，做出积极的开拓和贡献。

孙佳山：过去的20世纪可以被称为一个有关青年的世纪，而这个世纪又尤以第二次世界大战后席卷西方世界的青年反抗运动图景与20世纪末所形成的青年文化消费市场最为引人注目。正是从那时候起，以青年文化为主体的亚文化现象，开始从美、英等发达资本主义中心区域，经由跨国、跨媒介娱乐系统的超级通道，不断向世界其他区域蔓延，成为20世纪下半叶横跨不同肤色、民族和国家的，几近全球性的一大文化现象，并深刻影响着当下21世纪的文化结构。

改革开放以来，对外开放程度的不断加深，为具有全球特征的青年文化生长提供了土壤。20世纪90年代以降，社会主义市场经济下的商品流通日趋成熟，大众传媒的影响力开始大规模介入日常生活，加上文化产业从世纪之交开始的爆炸式发展，我国的青年亚文化现象也越发普遍。不过，与青年文化直接相关的，也是在今天作为“常识”被普遍接受的“青年”概念，其历史却远不如大家想象的那样稳定和经典。在西方社会，年轻人被当作一个有影响力的社会群体这一现象也是到了18世纪晚期才出现的，其本身就是工业化、现代化的产物；而青春期的“发现”则更为晚近。1904年，美国心理学家斯坦利·霍尔通过对年龄段的划分，将青春期（14—24岁）阶段看作一个心理/生理特征都区别于儿童与成年的独立过渡期，其真正被现代医学有效讨论和全面认知，更是在“二战”之后。

自启蒙时代以来，现代性的一个最基本特征，就是基于持续进步的、合目的性的、指向未来的时间观念，高度认可青年一代的价值。青年文化也从启蒙时代开始一直到20世纪中叶，在相当长的时间内，在现代性的世界历史进程中，扮演着极为重要的先锋角色。例如我国共青团的成立时间甚至早于中国共产党的成立时间。直到“二战”后，相对稳定的国际环境，各国社会生产的快速恢复，再加上文化产业意义上的大众文化的兴起，青年文化开始由启蒙时代以来，在主流文化中的先锋的结构位置，逐步退缩到亚文化的范畴。英国社会学家大卫·雷斯曼首次提出了大众和亚文化的差别：相比大众“消极地接受了商业所给予的风格和价值”，亚文化则具有反抗、颠覆精神，“积极地寻求一种小众的风格”，由此强调了青年亚文化创造性、生产性的特征。

中国青年作为独立的社会力量初登历史舞台的标志是1919年的“五四”学生运动，自此以后，以“五四”启蒙精神为典型的自上而下构建的“青年文化”始终占据着主流话语。而具有亚文化特征的当下中国青年文化，直到改革开放之后才开始出现。中国的社会生活转向了重视经济、文化生活和生产的崭新时代，20世纪80年代以来，中国的文化结构也从政治文化主导的“大一统”走向了逐渐多元的格局，而青年文化作为一种附属性文化形态的抵抗、挑战权威特征也终在中国初露端倪。可以说，当下的中国青年文化，其本身就是改革开放的产物。

进入21世纪后，市场经济的蓬勃发展以及经济、文化的加速全球化都带来了全新的图景，青年的日常生活重心逐渐开始围绕消费主义来建构。但在21世纪的第一个十年中，最为深刻地改变了中国乃至全球的青年文化结构的，仍属互联网的迅速成熟与普及。新一代的青年在信息技术的助推下，展现出前所未有的主动姿态，开始对主流文化积极反哺。2002年，杭州余杭小百花越剧团、浙江省戏剧家协会和上海越剧院签下合作协议，将畅销网络小说《第一次的亲密接触》改编成越剧版本，并由“越剧王子”赵志刚领衔主演。这次的跨界合作被寄予了“让发烧小说带动越剧的发展”的厚望，从网络畅销小说到拉动传统戏曲的改革创新，实际上也宣告了一种全新文化结构的成型。

进入21世纪第二个十年以来，以移动互联网为表征的人类历史上史无前例的媒介迭代浪潮，不可避免地带动了各个领域、各个层级等多维度、多层次的文化经验的发展和更新。我国作为世界上移动互联网普及程度最高的国家，在以具有我国特色的青年文化为主体和主力的亚文化领域，自然也发生了天翻地覆的变化。而且若对当下在我国出现的青年亚文化现象稍加关注，就会发现，面对模糊了边界的、随意生长的当代青年文化，传统的亚文化研究观念已然失效了，本土青年文化已挣脱出20世纪50年代以来，诞生于欧美的相关亚文化概念。

一方面，近年来我国的青年亚文化现象开始不断涌入到主流视野，也因为其争议性而形成了强烈的话题效应。包括在过去一直处于“地下”或“半地下”状态的喊麦、嘻哈、街舞等为青少年群体所热衷，但明显处于边缘状态的亚文化文艺表达方式，又获得了主流媒介的持续性关注。同时也因为MC天佑、PGONE等艺人的涉毒，这类触碰全社会基本底线的原则性问题，被指责为嘻哈文化、颓废和“丧”文化而饱受非议。

但另一方面，也正是在今天，亚文化的主流化和商业化呈现出了更为复杂的时代样貌。那些被指责为嘻哈文化、颓废和“丧”文化消费主体的青年一代，同时也是传统文化、主流文化的消费主体。从《我在故宫修文物》《中国诗词大会》《朗读者》《国家宝藏》到《战狼2》《红海行动》，传统文化与主旋律题材不断收割影视、互联网等诸多领域的收视率、点击率纪录，这在哪怕是仅仅几年前，也是绝对不可想象的“新闻”。因为在整个20世纪，甚至是人类进入现代社会以来的500余年历史中，这都是前所未有的文化现象。

无疑，在当下，我国的亚文化现象的内涵和外延，已经开始基本超脱出欧美曾经的，在改革开放之后被我们以“常识”来接受的概念范畴，正在生成着具有世界史意义的原创性文化经验，其复杂内涵和波澜壮阔的当代历史影响，亟待深入评估。

林品：大家好，非常荣幸、也非常高兴再次来到青年文艺论坛担任主讲人。今天佳山师兄提到，我们是以《破壁书：网络文化关键词》(以下简称《破壁书》)一书的出版为契机来谈青年亚文化的问题，所以我今天的讨论肯定也是以“破壁”这个概念为切入点的。另外是一些跟青年亚文化有关的问题。我大概会涉及三个部分：第一，想要谈谈在我的理解中，到底“破壁”的概念是什么。第二，这个壁为什么会形成，为什么会有这个壁？第三，我们想要提出破壁的这个概念，从事这项破壁工作，在破壁何为之前先讲破壁对我们青年亚文化研究，以及流行文化研究具有一种怎样的意义。主要是这三方面的问题。

第一，何谓“破壁”？我们看到了《破壁书》之后可能也会产生这样的疑问，这个书名到底是什么意思？这可能是在近年来中国文学研究界的一个重大话题，《三体》小说与另外一个概念用了同样的能级，所以实际上跟破壁没有直接的关系。我们需要谈一谈，在网络研究的语境中，我们用“破壁”这个概念想要表达的是什么，然后我们用“破壁”这个概念来命名这本书是什么议题？所以第一个部分就是想谈谈，何谓破壁。

事实上，我是一个从事当代中国流行文化和青年亚文化研究的青年学者。虽然这本书里面给我一个标签叫作“正态林”。作为一个从事青少年亚文化研究和流行文化研究的青年学者，在出席像这样的研讨会和学术沙龙的时候，常常会遭遇一种困境，就是当我真正进入自己所着重探讨那个文化之前，必须拿出相当长的时间向在场与会者解释与我的研究对象密切相关的网络用语、网络流行词，以至于当名词解释工作做完之后，我的发言时间已经所剩无几了。并不是所有的沙龙、所有的论坛都像青年文艺论坛这样会有一整个下午的时间，假如有15分钟的限时，我可能会花费10分钟来进行名词解释的工作，这一工作结束之后，当我要进入到自己想要探讨的议题时，时间已所剩无几了。而且更重要的事情是，这其实不是我一个人在各种学术交流的场合会遇到的问题，我身边的这些小伙伴们，这些北大网络文学论坛，研究网络文学和网络文化的学者也是这样。因为网络文学置身于庞大文化产业链和更大的网络生态当中，所以每一个研究网络文学的人，同时也是网络文化的研究者。

我除了是一个学术研究的青年学者之外，还有另外一个身份，那就是活动于学术圈的文化研究者，也同时是一个长期参与二次元文化的爱好者，时不时也会遭遇到类似的困境。当我面对刚才提到的名词解释的工作，需要漫长铺垫之后才能进入正题，由此我时常会联想到二次元爱好者发明的一个有趣的概念，叫作次元之壁，这其实是最早流行于二次元爱好者群体中的一个网络流行的概念，或者说是我们在进行线下区源社交，用来吐槽一些遭遇的时候，经常使用的一些概念的比喻。因为二次元文化在当今的中国仍然只是一种以青少年为主题的亚文化，二次元的爱好者会时不时在自己的生活中遭遇到这样的情形，就是某些在我们共同爱好者圈子里能够顺畅使用的词语，在圈子之外无法流通，或者某些圈子中能够引起非常广泛共鸣的文本，在我们的文化圈子之外却激荡不起任何反响。这些对于二次元爱好者来说弥足珍贵的情感体验，在其他人那里可能会招致某种轻蔑或者嘲讽，甚至是某种误解，当我们遭遇这样一种情形的时候，二次元爱好者就发明了“次元之壁”概念。这个概念被用来描述那种横在二次元文化的圈内人与圈外人之间的沟通障碍，乃至于文化壁垒。或者说，二次元亚文化的圈内人也会称自己处于二次元。这个二次元概念一方面指称动画、漫画、电子游戏，尤其是来自日本的动画、漫画、电子游戏在中国生产、传播、接受的过程中形成的文化产域，同时它也指称这些动画、漫画、电子游戏的爱好者，在接受消费乃至再生产二次文化的时候，他们开展的一种“去元”的社交，是一种以共同兴趣爱好为纽带的社交活动，多借助社交网络形成。二次元同时有两个层面含义：一方面指的是AC剧文化，就是动画、漫画、电子游戏文化，另一方面指的是AC剧爱好者们所生成的社交网络。所以他们会把二次元亚文化所谓的圈内群体称作二次元，用二次元来意指这个群体，然后把圈外人、局外人称作三次元。三次元就是指现实社会、现实世界，是AC剧动画、漫画、电子游戏所搭设的虚拟世界、虚构世界之外的现实物理空间，同时也指那些并不共享这种文化爱好相关经验的那些人群，就属于同好之外，是圈外的。所以这个次元之壁指的就是横在二次元和三次元群体之间的沟通障碍和文化壁垒。当我在论坛上进行学术交流发现交流困难的时候，我就会联想到这个我在二次元圈子里经常遭遇到的词——次元之壁。

从个人视角出发，我和我身边的不少同学在种种交流场合时所遭遇的那种困境，其实也可以看作次元之壁的一种体现。那些需要我们予以解释的名词，往往就是二次元圈内的用语，或者是深受二次元亚文化影响的、网络亚文化社群的内部用语。在我们这种置身于学术圈，又同时置身于网络亚文化社群的青年研究者看来，这些词语关联着某些特别值得探究的文化现象和文化议题，但是对于更多未曾投身特定网络亚文化研究领域的学者来说，这些词语格外陌生，或者他们此前闻所未闻，或者即便有所耳闻，但由于缺乏相应的文化生活经验，依然难以避免对这些词语产生误解。正是这种文化壁垒的存在，才导致我和我的学术伙伴们总是先费时费力地进行名词解释工作，才进入自己学术研究的正题。但是，与一般的二次元爱好者相比，我们因为得益于学术平台的交流礼仪，不会因为交流沟通的困难就和对某些二次元文化既抱有偏见又占据强势话语权的人群有直接的碰撞，甚至在错进错出的无效互动中陷入情绪化的言语冲突，我们至少能够获得宝贵的机会，向二次元之外的有识之士们展开一段名词解释的工作。

值得庆幸的是，受益于大学文化的包容度，特别是北京大学中文系的特定学术产域，我们能够与志趣相同的伙伴结成研究团队，然后在集体讨论和团队合作过程中，将我们名词解释工作系统化地编订成条例完备、论述严谨、体系成熟的文本，并且借由正规的学术出版机构进行出版，这个成果就是《破壁书：网络文化关键词》，这本书的标题体现了我们写作的初衷和核心的动力。我们试图通过追述、爬梳、阐发各类与网络亚文化社群有深层关联的重要词语，它独特的词源、特定的语义和社会文化的内涵，可以用来打破次元之壁这个概念所指设的沟通障碍，乃至在三次元文化和二次元文化之间，在三次元人群与二次元人群之间，在社会主流文化与青少年亚文化之间搭设沟通桥梁。借用次元之壁这个非常有趣的意象，我们就将本书的写作宗旨概括性地称为打破次元之壁，或者打通次元之壁，简称破壁。这就是何为破壁，破壁这个概念的来源。破壁概念本身也指我们打破交流障碍和文化壁垒的姿态和努力。更进一步地说，得益于我们所接受的学术训练，在纂写这本书的过程中，我们借助于文化研究和跨学科的背景知识，对我们置身其中的亚文化社群展开了一种入乎体内，又出乎其外的反思和分析，正如王国维先生所说的"入乎其内，故能写之，出乎其外，又能观之"。我们试图对自己置身其间的亚文化社群展开一种既不入其内，又不出其外的反思和分析，对次元之壁历史与破解的可能展开某种相对宏观的阐释，进而从中体验到打破次元之壁这项工作在当今时代的重要意义。

接下来我想讲一下，次元之壁形成的历史，以及破壁这项工作在这个时代所蕴含的意义，就像《破壁书：网络文化关键词》这个书名当中的词语所提示的，在编撰这部"辞典"的过程中所甄选的这些关键词，都是生成于网络亚文化社群中的。而事实上正是在媒介变革，或者说数码转型的时代背景之下，由于某种数码代沟，或者数码鸿沟的存在，才会形成网络社群与各个群体之间的阻隔。所以我觉得这个次元之壁形成的最重要的时代背景，即便是那些从未有意识关注过媒介问题的传统学者，应该都能够通过亲身的经历知道信息传播技术的革新，以及由此引发媒介转型，正在以不可估量的深入程度，重塑今天中国社会的样貌和文化生态，进而在不同的代际造成日常生活经验和文化消费习惯的巨大的差异。虽然不同代际的人群全都生活在数码转型这一进程中，生活在随着数码设备和互联网技术日新月异的发展而形成新兴的媒介环境里，但在这里，关键性的诧异之处是二次元文化以及与之相关一系列网络亚文化的参与者和爱好者，他们绝大多数可以被称为“数码原住民”（数码原住民的概念指的是那些自小生活在数码媒介环境中的人，亦即从小生活在高度信息化、数字化、网络化的生活环境、文化环境、社交环境中的人）。数码原住民的长辈则是成年之后，才开始逐渐适应数码科技和数码文化的，被称为数码移民。相对于数码移民来说，数码原住民对于互联网络的依赖往往更为深刻，这当然可能与他们对数码产品的使用更为娴熟有关，也因此他们的生活方式也出现了很多有别于长辈的新特征。数码原住民和数码移民之间的关键性差异，造成了某种比一般意义上的文化代沟更为深刻的数码代沟，这是一方面的原因。

在这里需要补充说明的还有一个很重要的问题。虽然中文学界经常将英美学界最早提出的这个概念翻译为“网络原声带”，或者“数字原声带”。但是我却更愿意用“数码原住民”这个译法来指称这一术语在英文当中的对应群体。在中国这样一个人口众多、幅员辽阔、阶层分化明显、区域发展颇不平衡的国度里，能够自幼享受高度信息化、网络化的教育环境、生活环境、文化消费环境和社交消费的人群，也就是诞生于数码转型进程中的新生代，即所谓的85后、90后、00后，甚至10后的群体，事实上也只是有限的一部分。这些出生于中产或者准中产家庭中的数码原住民，与那些身处社会底层的同代人之间可能存在着数码产品购买于网络服务响应权的差异。这些热衷于上网，甚至长时间沉溺于网络的数码原住民，与那些可能家庭条件并不属于社会底层，但由于家庭环境或学校教育的缘故与网络亚文化社群同伴隔绝，也存在某种因媒介接触渠道和文化生活方式不同而导致的差异，这两方面都造成了一种可以被称作“数码鸿沟”的问题。就次元之壁这个议题而言，在数码代沟或者鸿沟所造成的诸多差异之中，我觉得最值得关注的是数码原住民和非数码原住民在社交方式上的差异。如果说非数码原住民的社交主要建立在血缘、地缘、业缘等传统情感纽带基础之上的话，那么数码原住民则将更多的经历、更多的情感投放在某种可以称为“去元”的社交关系中。

一方面，从小就在数码媒介环绕和陪伴之下成长起来的数码原住民，大多是在当代中国极为剧烈的市场化、城市化进程中形成他们的生命经验和价值观念的。他们既难以分享计划经济时代的官方意识形态曾经试图架构的宏大叙事与集体认同，又难以获得中国传统社会建立在亲属关系网络之上的宗族归属感与乡土情怀，而难免会陷入原子化个人的孤独与疏离状态之中。计划生育国策的全面推行，更造就了他们普遍的身为家中独苗的特定处境，这种寂寞加剧了那种原子化的生存孤独与疏离感。另一方面，在互联网技术 2.0 这样的用户自产内容的理念基础之上，数码原住民作为互联网应用平台的积极使用者，往往会以他们的兴趣爱好为动力，利用一系列互联网应用所提供的发布平台与传播渠道，展开种种信息传播、内容共享的行为，甚至是自主生成内容、发布内容、传播内容、分享内容的行为。这些行为会使那些原本在现实生活中互不相识的互联网用户，能够通过各式各样的社交媒体，发生频繁的人际互动，并由此生成崭新的情感连接。在这里，相同的兴趣爱好扮演了因缘纽带的角色，牵引着弱连接向强连接的转换，进而由今天的线上聚会以至线下聚会凝聚成社交关系相对紧密的“去元”社群，这些去元成员不仅会积极发布各自的用户内容，而且可能出于彼此相同的兴趣爱好，受到共同目标的引导，开展团队合作。我们《破壁书》的写作也是某种去元社群的产物，而这个去元社群能够以网络作业的方式从事文化深谈，通过线上合作和线下合作相结合的协同作业的方式，从事文化生产。在这种信息共享、互惠交换、协同作业的团队合作过程中，专业特长各不相同的众多用户有可能带动起知识、技能、观念、创意的交流和碰撞，从而产生出集体智慧的社会效应。我们收集网络文化关键词这些数码原住民去元社交的产物，是集体智慧的结晶，而它的传播之所以会遭遇次元之壁，在很大程度上是因为数码代沟、数码鸿沟。去元社交的相关经验难以为非数码原住民所分享，难以为特定的网络亚文化所提供，就在于次元之壁的存在有其历史性成因。但是我要讲的第三个原因，就是打破或者打通次元的工作，不仅是可能的，而且是十分必要的。在这个意义上，最直接，而且跟我们今天讨论议题最相关的，就是这一工作对于开展当代中国的网络青年亚文化的研究有非常重要和直接的意义。我们知道，中国网络青年亚文化可以说是由网络文字创作产业和青年社交媒体用户所组成的网络社群，共同参与塑造新媒介文化。它不是文化创意产业单方面生成的。对于中国网络青年亚文化的研究，可以一直追溯到 1997 年出版的网络文化丛书，但是直到 2002 年以后，这个领域才开始出现稳定和成规模的研究队伍。在 2000 年之后，中国网络文化青年亚文化研究在相当长的一段时间里，有一个很明显的学术特征，就是它是在西方学术界的文化研究背景下形成的，尤其是在英国罗宾汉青年亚文化理论的影响和启发下形成的。形成20世纪六七十年代的罗宾汉学派的青年亚文化体系能否或者说在多大程度上能够被有效用来分析网络新媒体时代的青年亚文化，无论是在国外还是在国内，都已经引起了激烈的讨论。可以说，目前中国的网络青年亚文化研究正在呈现出这样的趋势，即借鉴以罗宾汉学派为代表的西方文化研究理论，来解读当代中国青年亚文化，并且逐渐将当下青年亚文化的实践纳入互联网的新媒介空间，纳入数码新科技的发展潮流中，纳入全球化的消费社会，以及纳入中国特定的社会文化结构当中来加以考察。

诚然，罗宾汉学派基于战后英国工人阶级青年社群的特定文化经验，其所开创的一系列研究框架，对于今时今日中国的网络青年亚文化研究依然有可供借鉴的参考价值。那些在互联网当中开辟的亚文化领域，的确使社会各界在不同维度上出现的相对弱势的草根用户得以在其中找寻身份认同、获取社会归属感，进而通过约定协同创造、发展出一种群体性的符号系统或表意风格。这种群体性的符号系统、表意风格能够产生一种父权效应，赋予这些相对弱势的群体一些权利来释放那些受压抑的需求或欲望，表达一些曾经被忽视的意见诉求。在这个意义上，网络亚文化依然可以被视作一种具有某种为弱势群体发声的抵抗效益。这些在社交网络上生成的网络社区文化，又会与文化创意产业的主流产业的文化形成某种博弈的关系。

一方面那些野蛮生长的草根力量难以遏制地会对既存的主流文化构成偏移、冲击和叛逆，但是另一方面，亚文化也难以避免遭到商业文化整合收编的后果，而在一定条件之下，某些网络亚文化的分支，甚至有可能突破特定的部落圈子，演变为超社群这样一种流行文化。但是我们要注意到的是，在中国形成的这些以共同的兴趣爱好为因缘纽带的社群，他们的文化生活和生活在20世纪六七十年代前网络时代的工人阶级青年社群的文化生活是存在着极大差异的。所以，当我们要真正进入中国当代青年亚文化的研究领域中时，要注意尝试挖掘一些和中国当下社会生活和文化动向有更直接相关性的经验。当我们在异地展开研究的时候，梳理并阐释那些在中文语境下，由去元社群协同创造所生产的网络文化关键词，就对我们感知并理解那些构成亚文化社群的互联网用户的欲望、需求和意见具有不言而喻的重要意义。毕竟他们不同于当年英国特定社会中所出现的工人阶级青年社群，当我们在进行异地化研究的时候，首先需要了解他们使用的这些词语及其背后的语境、它背后的社会文化意涵。

还有一个需要特别指出的是，在媒介融合的时代背景下，青年亚文化社群，与文化创意产业以及官方意识形态部门之间的博弈关系，会变得比以往更加微妙和复杂，这可能并不是所谓的收编和反收编的研究框架就能够完善解释的，这种博弈关系也联系到我们今天所要讨论的核心议题，就是说正在发生主流化的青年亚文化，或者说青年亚文化的主流化，在这个收编、反收编的研究框架内存在某种解释的意义局限。首先，互联网用户利用一系列网络发布平台与传播渠道公开发行的自创文本，都会作为用户自产内容，参与到构成新媒介文化的一个非常庞大的数据库里，更进一步地说明用户通过互联网应用所开展的种种媒介使用行为，也会作为数据记录，进入今天这个大数据时代，成为现有的第一轮人工智能的程序，或者成为种种算法所挖掘的数据信息，进而成为采取特定算法的网络程序进行智能化信息推送的参考数据，或是成为行政管理体制的公共决策者、文化创意产业的从业人员展开调研、进行决策时的一种参考数据。在媒介融合的时代背景之下，在大数据的理念和技术支持下，网络亚文化社群其实正在与网络文艺的生产机构，发生密切接触的信息数据的反馈循环，它们共同参与、形成一种变动不均的融合文化。

虽然社会机制与信息科技的相互嵌入会在无形之中对网络媒介的父权效应设置边界，资本—奴隶力量也总是试图对信息科技赋予民众权利的属性进行异化或限制，因而在复杂的经济形势和历史文化背景之下，互联网能够真正成为一种公共空间，虽然暂时不明朗，很难有定论，但是按照目前媒介的生态与文化态势来判断，随着信息科技的发展与媒介融合的深入，网络社群文化、网络部落文化将会与精英文化、商业文化、官方文化之间发生持续不断的碰撞与融合，共同参与形塑始终处在现在进行时态的一种融合文化，因此碰撞和融合的概念可能会比收编与反收编的研究框架更适合亚文化和主流文化之间的关系展开一些分析和描述，当然我们也可以进一步地探索或商榷，是否能够根据中国的本土经验去慢慢探索一些新的研究框架和研究概念。而对于我们这些从事青年文化、亚文化研究的学者来说，这样一种融合文化就构成非常严峻的研究挑战。面对融合的新文化，我需要细致地追踪各种文化脉络的碰撞和融合过程，也需要认真考察各方势力的互动和博弈过程，并且尝试梳理微妙的动力学关系。这就意味着我们需要理解精英文化、商业文化的运作机制，还需要在现实中投身于研究对象所置身的信息网络和社会网络，深入特定网络社群的文化语境和媒介产域之中，如此才能真正把握文化碰撞和文化融合的演进过程。互联网每时每刻、每分每秒都在创生各种各样的新词，而我们有意识地去挑选一些可称为关键词的词语，它们也许能够帮助我们去把握一些非常重要的、已经发生的、正在发生的文化碰撞和融合过程，或者说可以帮助我们探测融合文化的生成过程和脉络，就此而言，打破次元之壁的工作，显然是必不可少的。但是我们也必须非常谦卑地说，这样的名词解释工作，虽然是必不可少的第一步，但也是万里长征的第一步，我们需要共同努力，在学界很多前辈的支持、鼓励和引导下，共同去推进以名词解释和辞典性质的著作的工作，去推进对于新的时代、新的媒介生态和社会背景之下出现融合文化的研究。我今天的报告就到这里，谢谢大家。

薛静：各位老师、同学大家好。我是北京大学中文系博士薛静。非常高兴今天能来到青年文艺论坛，和大家进行这样的分享交流活动。说到亚文化的主流化，我们今天是以《破壁书》作为一个切入口。我也作为《破壁书》作者团队之一员，是社会流行词这个单元的统稿人。社会流行词这个单元特别好，为什么这么说？因为刚才在来的路上，林老师跟我商量说咱们两个作为主讲人，谁来先讲、谁来后讲，林老师讲的理论性比较强，我的这部分则案例比较多，那就应该林老师先讲，我再讲。这样大家正好用林老师的理论，来消化我的案例，有一个理论应用的过程。

所以说社会流行词单元，包括我们这些大众化研究的内容，其背后需要理论建设，而且研究内容还是在时时刻刻发展变化。因为新书出版和宣传，这段时间我们也参与了很多的新书宣传活动。前几天我们刚刚上线了问吧栏目。问吧栏目有一个嘉宾账号，接受各位网友的相关提问，然后进行回答，上线之前我们的副主编王玉王同学给我们做过动员，可能很多人对我们这本书有兴趣、对我们的团队很好奇，所以大家一定要排好班，做好这个准备。但是没有想到大家的兴趣比我们之前预想的还要高，所以每天几乎都有十几个新问题，搞得邵老师跟我们三联书店的编辑非常忙乱。平时我们都太宅了，曝光度不够，还是没能出来多走两步。那么这些活动一方面是把我们现在学界的文化研究的状况，介绍给社会大众；另一方面，我也感到网友们的提问，包括讲座之后跟大家交流互动，让我们有很多收获和反思，促使我们进一步梳理，反思我们的文化研究。

比如说，在澎湃问吧栏目里有一个ID叫李真的网友，他提出这样的问题。他说："当下网络词汇早已经渗透到我们生活的方方面面，比如我们夸耀朋友的行为和做法很厉害，值得夸耀时，我们会说666，这个网络词汇大可定位于一款名叫《英雄联盟》的网络游戏，我个人认为网络词汇带来了太多的弊端。我们一般不会因为听到一个陌生的成语或谚语而去查它的意思，或者尽力去找到恰当的时机运用，而一定会在网络空间中去努力用它。网络词汇使我们不再崇尚读书，尤其是在微信朋友圈里，生活中的一些朋友都在运用一些拙劣的网络词汇。更可悲的是我听到许多初中生、小学生都灵活地运用了网络词汇，感觉民族的全民尚书习性早已丢失殆尽，对于这种现象您怎么看？”

这是很长的提问，光问题本身就那么多字，王玉王副主编跟我们说，你们问的问题就300—500个字，所以看得出，网友其实是非常真诚的，也非常认真地面对我们这个现象。而从300多字的问题中，能看出他平时对网络文化有多关注。这种关注分为几个层面，比如说，第一，他知道666的含义，也知道这个词和网络游戏之间有关联，他知道溯源，但是对于网络词汇进入日常生活，就是我们今天说的亚文化的主流化，他持有非常保守审慎的态度，他担忧网络词汇文化进入主流，会让主流文化和传统文化割裂开来。他的问题这么多字，虽然对他而言，这是对很多现象的困惑描述，但是我觉得这个问题其实是一个很好的亚文化主流化的提纲。那么我们今天说，以《破壁书》来谈论亚文化，我首先描绘出的一点是，每一个网络词流行语的背后，都有一套文化体系作为土壤，而这些词汇之间也存在千丝万缕的联系，我们日常看到也好、用到也好，那些热点词只是冰山露出水面的一个尖角，下面还有巨大的山体在支撑，而且山体之间还以冰原大雾作为基础，我们网络研究的很多工作，其实就是让这些内容水落石出。比如说刚才那位网友的问题提到666，因为场地原因，没有办法拿着话筒到下面提问。不然的话这是一个很好的沟通机会，我很想知道每一个同学对666到底有怎样的解读，它中文的谐音"溜"，最开始表示玩得溜，最初出现在网络游戏里面，通常用来称赞网络播主技术好、节目效果好，有观赏性，还厉害，而且在表示格外惊叹的时候还有一种重复性，可以打一串，用这个长度来表示我们的语气。在游戏交流中也好，在游戏播主的视频中也罢，都有很好的即时性动作，需要在很短的时间内就完成，所以容不得太过复杂的输入操作，不需要写中文组织语言。但是这种情况下，这些约定俗成的形式就会迅速流行开来，而且由于弹幕的默认播出模式一般是从右往左滚动播出，一个长度较长的弹幕，它的存在感很强，曝光率也会很高，所以重复敲打某一个简单字符，输入长度足以体现弹幕视频网站用户的习惯，所以666借由弹幕视频网站，从亚文化的游戏圈影响到圈外的视频受众。

另外，影响到普遍意义上的网友，有个跟666非常近似的233，刚开始我以为这两个是同一个来源，因为它们开始就是出双入对，在各个网络平台上都出现，好像同属一个文化背景，连我自己最开始用的时候也很容易弄混。其实并非如此，这个233是猫扑论坛上绘制的一个小人捶地大笑的动作表情图片的编号，因为知名度很高，经常被论坛网友以编号233代替，后来百度贴吧之类的网友们亦沿用了这一用法来表达那种开怀大笑的情绪或者状态。

我不知道大家注意没有，现在智能手机很普遍，我们在智能手机上用微信和微博的时候，大家选哪个表情，都是点击表情文本框，就直接出现那个表情，然后就发出来了。但是网页版有一个差别，就是我们点击那个出现在文本框里的表情，它是一个表情代码，就比如说微笑的表情，它在英文半角中括号里面写着微笑两个汉字，发出之后它才呈现网络上的那样一个图像，而这个猫扑论坛最早成立于 1997 年，网页版的论坛中大家还是在那样的输入环境里，所以 2000 年左右，这个捶地大笑表情的流行，它呈现的程式不是图像，而是文字，更加准确地说是数字，是一种介于人的表情表意和网络技术代码的环境中介。这是非常典型的网络代际更迭的一个指征。按网络时代从有线到无线、从网页版到移动端，这个词汇曾经一度沉寂下来，就像刚才说的，随着技术的进步，我们的网络环境从文字进入到图像，再到读图时代、视频时代。

那么弹幕的出现，使人们在弹幕有限的暂停和输入的时间里，要想获得更充分的表达，打出 233 这样更加便捷、更加能占据视觉空间的代码，提高视读效率，这个初代的网络词汇才开始焕发第二春。通过这样一个比较能够看出什么呢？就是 666 这个词汇，从网络进入日常生活范畴，它是横向的文化传播，也就是说，它是不同的去元群体相互之间的影响，而 233 这个网络词汇进入日常范畴，则是发生了文化的纵向传播，是网络技术和网络用户在代际更迭上的一个叠加，这两个词看起来长得像、使用的场所很相似，在很多语境上，大家为了强调而连用，但是背后的文化脉络是不一样的。但是另一方面，233 和 666 能在这几年成为流行的热词，也都得益于同样的契机，就是视频产品的流行。我刚刚知道，搜狗的新产品叫录音翻译笔，大家都知道我们用的录音笔在未来普及之后是录音翻译笔，就是在录音笔的输入上，加入了语音识别和翻译的功能，录音之后在电脑上会直接转换成文字，甚至完全是中文翻译。我们进行交流表达不是通过键盘进行输入，而是直接通过语音或者语音转文字，那么666也好，233也好，它们已经成为常用用户的文化土壤，也很有可能会终结沉寂，所以这些网络词呈现在文化层面，就是词汇非常相似，但是其背后的生长脉络是完全不同的，相互之间也有这种纵横交错的文化交叉点的脉络，这才是我们想要呈现的关键。那么也正是因为这一点，我们在《破壁书》成书出版之后，在最近一段时间，尤其是在各种讲座、访谈、问答当中，发现这种对文化脉络的呈现其实特别关键，也应该更加明确，所以我们一共六个单元的统稿人，最后撰写了生物词汇的脉络，来说明对这些词汇进行排序和收录的缘由。比如说，我负责的社会流行单元，一共收入了27个词汇，个别词汇可能不太文明，但是我们是做学术研究，所以在这里把它念出来，这些词汇中，迪吧、高富帅、逆袭、搬砖、土豪、撩、渣、单身狗、亲、钓鱼，这些词属于文化范畴，然后装B、奇葩、极品、直播帖、吃瓜、打酱油、666、节操、人品，这些词不属于文化范畴。那么颜值、网红、小鲜肉、绿茶婊、直男癌，它们又属于一个文化范畴。这种互相之间不同范畴的关系。最早又是从迪吧衍生出“屌丝”这个词，从而产生屌丝、高富帅的阶层分界，然后屌丝只能搬砖，高富帅作为土豪就能撩妹，从屌丝到高富帅的一条路，本质上接近逆袭，另一条路是表现装B成功的人生赢家，不成功就有了各种奇葩、极品，八卦帖就是吃瓜群众进行围观，吃瓜群众在评头论足中被贴上了各种绿茶婊、直男癌、网络红人、小鲜肉、电脑红人等标签，所以是这样形成一个文化脉络。后来为了顺应讲座和交流的需要，我们还增加了文字形成思维地图，也顺应现在的读图时代，让大家更好地掌握。

所以我们甄选一个热词看它能不能进入我们的词典，一方面是看背后所代表的文化体系，另一方面也在看它在文化脉络中的位置，今天流行，那明天是否还能流行，我们常说一叶知秋，那么《破壁书》的研究，其实是想做到在网络文化研究中“当一棵大树”，就是小处能观叶，大处可知秋。

讲完网络词和这一流行语背后的文化体系，这是亚文化进入主流文化的背后文化力，我想说的第二个问题是主流文化接受亚文化背后语境。一开始网友在提问里面说他观察了一个现象，就是每一次媒介革命中，都会有一个指数级别的信息爆炸，比如印刷术就带来一次，现在互联网又是一次。在这些技术革命、媒介革命带来的信息洪流里，我们词汇的更迭速度大大加快了，每天有大量的网络词汇被制造出来，每一个词背后都有典故，都有原生的使用群体和文化土壤。所以每一个新词打开的其实是我们不了解的文化领域，昨天新的东西，今天就被淘汰了，明天又会出现新事物。这种现象让大家内心非常焦虑。庄子说过，“吾生也有涯，而知也无涯”。在这里开个玩笑，庄子都觉得天天追热点的人生要完蛋。现在按照资本主义经济学的原理，人的本性有两点不可以克服：第一是贪婪，第二是恐惧。但是抓住这两点，就能够控制人心。现在营销号只要抓住眼球、控制人心、使流量变现，就可以成为人生赢家。前两个月关注新闻的人都知道，摩拜单车被美团并购了，大家都觉得很可惜，因为独角兽企业为了发展，需要资金，而很多资本都乘虚而入。给了钱又要权，但是拿到权又开始要求快速变现，于是有一个揠苗助长、杀鸡取卵的过程。

最后给它时间，使之独立，能够成为一个行业的龙头企业，但这种企业一般很早就卖了身，但是营销号为了夺人眼球，就另辟蹊径。要怎么另辟蹊径，又如何解读这个现象呢？这时有一篇爆文横空出世，叫作《你的同龄人正在抛弃你》，文章还断章取义、节选了张泉灵的文章，说时代抛弃你时，连声再见都不说，说什么你看看人家摩拜单车的胡玮玮，1982 年出生，自 2015 年创办摩拜单车一年后，就市值达到 10 亿美金，三年后作价 27 亿美金卖掉，你呢？你多大了？赚了多少钱？然后你不要跟我说，你没有能力，你是没有格局、没有梦想、没有勇气的……这话术看完以后很可怕的。这些先富起来的人不但要垄断财富，还要垄断文化，他把精英阶层和文化水平的制定标准，要全部掌握在自己的手上，这种文章不仅在贩卖焦虑，而且在制造恐慌。这种社会语境使我们在主流文化中被迫出逃，它以一种调侃、戏谑的方式来解构焦虑，达到自我抚慰的目的，从而形成与主流文化的深度互补。

另外，亚文化呈现为社会群体处在焦虑之中，它想要表达吐故纳新、不断进步这一动作行为的对象。这个怎么理解？人人都害怕被同龄人抛弃、被时代抛弃，所以亚文化呈现在语言层面，就成为一种成本最低的进入集体的方式。我们今天这个社区环境，感觉对年长之人的态度非常不好，营销号经常宣扬 30 岁应该有房有车，35 岁应该年薪百万，45 岁应该财富自由，这就是人生赢家的标准。而现实里面，我有一个在金融行业工作的朋友，他发现公司里面看不到 35 岁以上的人，周围能看到的是同龄人，或者比他还年轻的人，要么是稍微长一两岁的部门主管。他看不到 35 岁以上的人，这是多么可怕的现实。35 岁以上的人去哪了，这个社会到底对稍微年长一点的人做了什么？所以为了逃避老去，很多身处深层主流文化中的人拼命学习使用网络词，这一行为暗示的是，我知道年轻新兴文化，亚文化在某种程度上，真正得到尊重、理解和接纳，是作为一种话术和策略，所以在亚文化和主流文化之间，就像刚才林老师说到的，并不是一个简单的收编和反收编，或是入侵和反入侵的问题，它召唤的是更新的框架和理论体系，因此，这个亚文化的主流化，是一个非常错综复杂的情况，其中既有文化思潮的变迁，也包含整个国际局势在全球化之后的逆全球化趋势，从而映射了各个国家的文化和思想。特别是在最近的国际局势上，大家更有感性的认识，这也是我们做文化研究面临的一个问题。

刚才说到了两点，第一点是亚文化进入主流文化，其背后的文化力量。第二点主流文化接受亚文化背后的文化语境。

最后，我们来说说做这本《破壁书》的缘由，其实也是想回答刚才提到的网友的问题。在网络语词快速流行面前，无论是年轻的人、还是年长的人，都开始追赶流行，我们做的这些工作，一方面是想通过对二次元、网络词汇进行追本溯源，呈现每一个词汇背后的文化网络脉络，让亚文化在野蛮生长的同时，不要失去自己的根系。另一方面，我们其实也希望长辈们通过这本书真正了解这些词汇，了解这些文化，甚至在阅读之中，调动自己的知识和经验，让主流文化和亚文化的体系产生碰撞和融合，这也是制作《破壁书》的初心。所以说《破壁书》收入了很多热词，其实大家如果拿到手里，会发现，我们除了有热度，还有厚度。500 多页确实是很厚的一本书，把热度转化为厚度，用厚度去战胜热度，也是这本书的愿景，我想这应该是我们一直做文化研究、做大众文化的愿景，我想表达的就是这些，希望能和大家交流，谢谢大家。

（根据速记整理，经过本人校订）

第八十一期

"娘炮""泛娱乐"之争与主流文化治理的当代挑战

主持人：徐海龙（首都师范大学文学院）

主讲人：孙佳山（中国艺术研究院马克思主义文艺理论研究所）

许云泽（影评人、青年编剧）

杨明刚（中国艺术研究院科研管理处）

时　间：2018年9月21日（星期五）14：30—18：00

地　点：中国艺术研究院研究生楼（四层）第五会议室

主　办：中国艺术研究院马克思主义文艺理论研究所

编者的话

近期，在粉丝经济等文化娱乐消费领域所产生的从“娘炮”到“泛娱乐”等现象，受到了社会各界的普遍关注，引发了极大争议；新华社、《人民日报》、《中国国防报》、《环球时报》等宣传、国防、商业领域的国家主流媒体接连刊文，足以说明这一话题波及领域的广泛性、复杂性，以及相关现象受到国家有关部门的重视程度。“娘炮”“泛娱乐”等现象的产生并非偶然，例如“娘炮”现象在改革开放以来的文化结构中，从20世纪80年代的“奶油小生”，到21世纪初选秀节目中女性选手的“纯爷们儿”化等，已表现出了某种规律性的特征。

进入21世纪第二个十年以来，由于我国的阶层结构、教育结构、家庭结构等多重社会结构的长期累积和变迁，以移动互联网为表征的媒介杠杆效应的持续性释放，加之在经济领域不断出现的新的商业模式，各类资本不断进场，我国青少年的文化娱乐消费得到了前所未有的释放和表达，也出现了泛娱乐化的过度透支。这些新现象、新症候，同电影、电视、文学、戏剧等传统文艺领域有着时代性的区隔，对当前的主流文化治理，形成了一种历史性的挑战。然而，学术界、舆论界等领域的相关讨论，却依然停留在娱乐至死、乌合之众、消费主义、大众文化、流行现象等认知水平，相关理论知识来源也局限于北美、西欧的有限著述和畅销读物，应该说已严重滞后于当下的中国经验和中国现实。

本期论坛拟围绕当下的“娘炮”“泛娱乐”等现象之争，对这一问题背后的明星制度迭代、社会结构变迁、代际文化差异、文化治理能力和治理体系现代化等相关问题，进行深入挖掘。对于我国当前的主流社会而言，这一问题绝不仅仅是文化领域的孤立现象，在经济增速放缓、人口出生率下降的大时代背景下，还将有更为长远的社会影响。

孙佳山：近年来，随着粉丝文化、粉丝经济的如火如荼，粉丝偶像的“娘炮”现象，粉丝文化、粉丝经济的过度“泛娱乐化”透支等问题，相继引发了全民的舌战，青少年粉丝群体的网络话语暴力现象也层出不穷。关于粉丝应援、粉丝群体价值观等诸多乱象与争议相继浮出水面，开始引发全社会的广泛关注。

由于社会结构的不断变迁、新媒体文化的持续渗透等原因，青少年群体的文化娱乐方式和情感结构都发生了显著变化。2016年，为庆祝TFBOYS组合中某位成员的生日，其粉丝们在纽约时代广场的大屏幕，这一曾经播放过我国国家形象宣传片的场景，播放偶像的庆生视频。由此可见，文化经验的更新换代已不言而喻。的确，诞生于20世纪初的，对于明星的相貌、演技、道德等方面都有着较高要求，由专业的经纪公司来经营、维护明星的演艺事业，并且明星与受众之间呈现为垂直式关系的传统明星文化，在21世纪以来正大幅度地向粉丝文化、粉丝经济跃迁。在今天以移动互联网为表征的媒介快速融合、迭代的当代粉丝文化、粉丝经济中，对于当下的青少年粉丝群体而言，他们着重强调偶像与个体成长的参与性、伴生性，对于明星的相貌、演技、道德等方面并没有像20世纪那般的严格要求，明星与受众之间的关系也更为平行和平等，海量的粉丝史无前例地参与到作为文娱产品的粉丝偶像形象运营活动。因此，在这种新的明星文化结构下，偶像和粉丝正日益结成一荣俱荣的利益、情感共同体，前者需要流量数据的支撑形成广泛影响力，后者则使尽浑身解数为其提供足够的消费保障，粉丝群体在一定程度上已经成为左右偶像前途命运的重要力量。这在20世纪的明星文化中是不可想象的，同时也是我们今天充分理解相关领域所产生的种种现象的基本结构。

粉丝集资应援是产生于当代粉丝经济背后的现代粉丝偶像文娱工业的新生事物。在我国，粉丝集资现象的大规模出现，大致始于2005年由《超级女声》等电视选秀综艺节目所引发的全民追星热潮。当时，为了支持自己喜爱的选手，“超女”粉丝们曾多次以集资的方式筹得巨款，大量购入短信投票名额，帮助偶像不断晋级。此外，同样在2005年前后，日、韩两国因领土问题交恶，几大韩国娱乐公司不得不撤出日本，转而将中国视为最重要的海外市场来进行开发和培育。由于21世纪初互联网在全国范围内的迅速普及，韩国娱乐公司将其成熟的粉丝管理经验引入中国，而粉丝集资购买偶像专辑、电影票以及向偶像赠送礼物等流行于韩国、日本的粉丝应援式的追星惯例，也由此在我国逐渐普及开来。在这一时期的粉丝集资应援行为，主要借助百度贴吧等网络社区展开，这也充分显示出我国粉丝经济的发展与互联网平台之间的天然联系。通过百度贴吧、微博社区、微信群、Owhat等第三方众筹集资网站等互联网平台发起的集资应援行为，其影响力、辐射范围和监管难度，显然绝非传统明星歌迷会、影迷会式的区域性线下粉丝团体等所组织的小规模应援活动可以比拟的。

经过十余年的发展，我国本土的粉丝经济，在不知不觉间日渐崛起，形形色色的粉丝集资应援行为也早已遍布各大粉丝群体的应援活动之中。这些应援集资行为可大致分为三类：第一类是包含实物回报的，例如出售专辑、电影票或制作、贩卖手机壳、照片册等周边商品，将所得利润用于支持偶像的相关活动；第二类集资则并不提供实物回报，但承诺将募得资金用于支持偶像的相关活动，例如选秀投票、向偶像赠送礼物等；第三类便是以支持偶像为名义筹集资金，承诺提供若干实物或非实物回报，却并不兑现的诈骗行为。尽管前两类以集资为名号，但归根结底只是代为消费、捐赠，并不涉及投资获益或获益相对有限，一般不触及法律问题。但是在第三类情况中，则需要在法理层面重新界定其和明确诈骗、非法集资等犯罪行为的法律边界。

粉丝经济的本质，是粉丝以众筹资金、财物的方式，主动参与到偶像这一文娱产品的运营活动之中。这就意味着，粉丝投入资金、财物为偶像应援，是粉丝经济的常态，而且并不违法。然而在实际操作的过程中，却因存在太多漏洞而屡屡被犯罪分子利用，造成了大量的经济损失。例如2016年，就有中国粉丝在百度贴吧等网络社区筹集数百万元人民币，用于为日本某偶像团体成员投票，然而最终投票结果却与所筹款项存在较大出入，组织者被怀疑侵吞票款，影响极其恶劣。而在近期结束的某粉丝偶像类网络选秀综艺中，一位选手的粉丝通过第三方众筹集资网站，筹得了总额超过一千万元人民币的资金，其中直接用于购买相关视频网站会员进行投票的款项，却仅能提供出数额十余万元人民币的票据。类似的案例近年来数不胜数，涉及金额或大或小，一些案例虽也引发了一定的关注，却多半不了了之，受害者的经济损失也很难追回。

当前，之所以会陷入这种监管和维权的双重困境，一方面是由于这类粉丝应援大多依托互联网平台，如百度贴吧、微博社区、微信群、Owhat等第三方众筹集资网站等，因此组织者具有一定的匿名性，追查其真实身份也需要借助公检法机构和相关主管单位的介入；另一方面，在此类诈骗的受害者中，又通常存在着相当比例的未成年粉丝，他们在受骗之后一般不愿声张，即使试图报警，通常也不了解正确的维权、举报渠道。针对当前这种扭结的现状，有关部门理应尽快完善相关法律法规，对粉丝应援中可能存在的诈骗行为，给出具体的惩治依据和条例，并向受害粉丝尤其是未成年粉丝，提供清晰、明确的维权、举报路径、渠道和必要的法律保护、法律援助。与此同时，应加大力度充分调动粉丝主动参与作为文娱产品的偶像形象运营活动，这是粉丝经济背后的现代粉丝偶像文娱工业与传统文娱工业的明星制度的最大区别特征，对于能够主动公开应援账目、明确资金流向和具体使用情况等的粉丝团体和艺人，通过颁发行业性的荣誉奖励等措施，予以充分肯定，进而形成良好的正面示范、引领作用。

值得我们充分注意的是，在互联网平台上，近年来一些专门为粉丝应援活动提供中介的第三方众筹集资网站也开始兴起。表面上看，这似乎有利于加强对粉丝应援行为的监管，资金流向更加透明，也可以使其更加正规化。然而，近期发生的几个案例却充分显示，第三方众筹集资网站，并不能有效地遏制相关诈骗行为，反而有可能为其大开方便之门。尽管第三方众筹集资网站屡屡援引"避风港"原则，声称自身只是提供了网络服务，但正如滴滴出行之类的服务类电商平台一样：第三方众筹集资网站一方面不承担任何相关监管责任，将风险完全推给了参与应援的粉丝；另一方面却从中大肆牟利，这至少需要在法律法规和职能监管层面予以明确约束。相关的第三方众筹集资网站，理应完善审核机制，对应援活动发起方的真实身份、资质、征信记录、活动本身的可行度等予以全面评估，进一步提高准入门槛；针对未成年粉丝，应设置更多的付费验证步骤和监护人的知情渠道；而对于已筹款结束的应援活动，也要仔细核查资金流向和相关票据等情况，对于存在异常的应援项目，可以通过延长支付周期等管理方式，予以及时冻结，并应尽快采取报案等负责任的措施，尽可能挽回粉丝的经济损失。

粉丝应援也应抵制百度贴吧、微博社区、微信群、第三方众筹集资网站等互联网平台的"平台之恶"，近来发生的许多鲜活案例无不在提醒我们，治理粉丝应援中的种种乱象，已是刻不容缓。然而值得忧虑的是，移动互联网时代的粉丝经济，早已超越了传统明星的演艺活动的范畴，产生出许多包括粉丝应援在内的新型文娱消费行为，这就使遵循传统分业管理原则的相关政府机构，在监管和执法上，很难做到有的放矢。这也是集聚在移动互联网所带来的媒介迭代效应之下的，以粉丝经济及其背后的现代粉丝偶像文娱工业为表征的诸多新的文娱现象，对当下网络文艺治理、文化治理以至社会治理不断提出时代挑战。

我们需要充分警惕的是粉丝群体日益被资本和市场逻辑内化的严峻现实。在市场经济且社会进一步多元化的背景下，资本追求利益最大化本无可厚非，但当文化娱乐工业在资本逐利的诱惑下，刻意宣扬某种文化娱乐潮流或商业模式时，粉丝群体就极易为资本逻辑所绑架，甚至僭越了道德底线，造成相应的社会问题。而且，若想从更深层次来思考粉丝群体的价值观引导问题，我们就更应看到当前粉丝文化与我国社会结构的内在变化之间的关联。改革开放以来，现代化、城市化的脚步不断加快，再加上独生子女政策的实施，我国传统的家族式家庭结构不断走向消散，社会的原子化现象越发明显。当前以“00后”为主体的青少年粉丝群体，是我国历史上第一代在非常接近美式原子家庭结构中出生的一个世代。与此同时，他们又是完全在互联网尤其是移动互联网等新媒体文化土壤中生长起来的“网生代”。原子化社会中人际关系的疏离，以及新媒体时代数字化生存所造就的“群体性孤独”，使得这一代人在其成长过程中，形成了迥异于既往代际的情感结构、文化经验和自我认知。所以，对于他们而言，粉丝文化、粉丝经济的侧重点恰恰在于参与感、伴生感。通过与粉丝偶像的高频互动所形成的陪伴、共情、保护、抗争等种种情感策略，这一代人试图寻求建构一种以移动互联网为表征的新媒体时代的新型青少年社交关系。只有充分理解这种深层的社会结构性变化，才能更深刻地深入到当前粉丝群体价值观取向得以塑形的根源所在。只有在此基础之上，正确引导粉丝群体的价值观，才具有现实可行性。

总之，粉丝群体的价值观问题，是需要全民关注的重要议题。一方面，广大青少年应当端正追星的心态，以精神的成长、独立和完善为目的，避免被资本所撬动、裹挟的粉丝文化、粉丝经济绑架；另一方面，从家庭、学校到社会，都应当努力为新一代青少年提供充满包容、尊重的成长环境，尽到各自应尽的义务，而不是污名化地贴标签。我们需要特别重视的是，在社会结构大幅度调整，明星文化世纪变迁，新媒体文化正在日益主流化的时代语境下，文化治理、社会治理的一些传统治理方式正逐渐失效。商业力量几乎已经渗透到从粉丝群体的情感投射、诉求表达，到线上和线下的各类大规模有组织活动等粉丝文化、粉丝经济的所有环节当中，如若听之任之则存在失衡、失控的巨大社会风险。

这就意味着相关管理部门需要更深刻地理解当前粉丝群体的情感结构、文化经验和自我认知的结构性变化，避免管理手段、方法的头痛医头、脚痛医脚，应采取切实有效的措施和方法，抵制、限制、杜绝资本对粉丝文化、粉丝经济的过度投机和利用、操纵，科学认识网络传播规律，规范网络文化秩序，提高用网治网水平，真正有效地引导广大粉丝群体建构起积极、健康、向上的价值观，进而系统性地实现我国文化治理能力和治理体系的现代化。因为，对于我国当前的主流社会而言，这一问题背后绝不仅仅是文化领域的孤立现象，在经济增速放缓、人口出生率下降等大时代背景下，还将有着更为长远的社会影响。

许云泽：2018年上半年，《偶像练习生》和《创造101》两档热门网综形成的巨大推力，让一批名列前茅的明星经纪公司——乐华娱乐、坤音娱乐、麦锐娱乐、香蕉娱乐、觉醒东方等春风得意，一手推出蔡徐坤、范丞丞、孟美岐、吴宣仪等超人气偶像新人。台后，早有无数双眼睛盯着这片蓝海。他们当中，有等待投喂的消费终端粉丝，有怀揣梦想的年轻练习生，有随时准备下海的经纪公司，资本大佬们则手握重金，一面观望，一面对押下筹码后的盈利蠢动不已。

张力与边界共存。从业者们各自筹谋好了道路：有的人按着日韩的路子炮制男团、女团，也有人高举文化自信大旗要做中国特色的"影视练习生"。几乎所有在场的人都深信，经过了粉丝经济漫长的原始积累，偶像产业不论路径如何，最终都会迎来一个更大的爆发。那些原本惴惴不安的年轻的练习生们，在老板们的鼓动下也长舒一口气，对着镜头誓言道："我就是想做明星，年轻为什么不能为梦想疯狂一把？"

仿佛一夜之间，大大小小的偶像经纪公司如雨后春笋般拔地而起。李颖的新公司"壹加壹"坐落在北京东五环一个全新的创业园区。公司刚搬进来不久，空气里还残留着轻微的刺鼻气味。三三两两的练习生正在房间里练声，传出高低顿挫的乐音来。更早之前，李颖的身份是陈坤的经纪人，和陈坤合作14年后，2016年她正式离开陈坤工作室创业。她和另一位知名经纪人杨思维合作，在后者公司"壹心娱乐"的帮助下，创立了这所以培养新人偶像为主业的子公司。在过去的很长一段时间里，李颖身处金字塔塔尖，却少有建树，尤其是艺人发展成熟之后，为了保持其品质感，她每天最常做的事就是不断地拒绝不合适机会，并向别人道歉，“几乎每天都说对不起，我们没有档期”。长期处在这样的状态让李颖感到烦躁：“在我职业生涯的最后阶段里，我到底应该以什么样的姿态做个总结呢？”三个晚上之后，李颖就得到了答案：运营成熟艺人是“服务”，而打造新人则是“创造”，她渴望通过“创造”，在这个行业真正留一点自己的东西。

在传统经纪领域撞上天花板的不止李颖一人。坐拥刘烨、李小冉等数十名知名艺人的千易时代由娱乐圈第一代经纪人常继红创立，作为背靠上市公司的老牌经纪公司，2017年财报中的营业收入仅6000万元，这在热钱泛滥的影视圈中成绩不算亮眼。因此，他们也迅速意识到，公司急需注入一些新的业务板块，而偶像养成就是最好的选择。虽然他们相对保守地只成立了一个相关部门，但为了彰显公司对这块业务的重视，他们大手笔地拿出上千万元资金投入，并由千易时代的总经理付云云亲自挂帅。这个庞大的项目还有着一个吉利的名字：千易聚星。谐音“千亿巨星”。

距离“千易时代”仅仅3公里远，一所全新的偶像经纪公司“泰洋星河”也刚刚诞生。相比之下，这家公司的开工稍显仓促，他们在园区还没来得及挂牌，第一期的数名练习生就已经正式开班。“泰洋星河”出身名门，它的母公司是黄晓明、Angelababy夫妇创立的经纪公司“泰洋川禾”，旗下还有周冬雨、陈赫等一系列当红艺人。谈到创业的动机，泰洋星河的负责人一语概之：“箭在弦上、不得不发。”

再往东5公里，还有一所规模更加宏大的明星工厂“领誉传媒”轰然降落。这所坐拥200多名艺人的超级梦工厂的所有者叫周昊，当初带着一帮产品经理和程序员从一家知名互联网公司离职后，他们打出口号：运用互联网思维规模化、制度化地“量产”明星。此后他们果真创立了一系列类似于互联网公司的管理模式，令许多做传统经纪出身的人看得目瞪口呆。周昊对此颇为得意，“我说了他们也不懂”，他还表示，领誉的目标是今年将新人规模扩展到300人。

这些远不是当下偶像产业兴师动众的全貌。在北京的东边，坐落着上百家娱乐公司，数以千计的偶像明星从这里冉冉升起，占据娱乐圈新生代的大半壁江山。而现在，规模还在不断扩大。形形色色的操盘手闻风而来，有人做传统艺人经纪出身，也有人从互联网、直播等周边产业闻风而来，直接跨行的也大有人在，例如，“蜜蜂少女队”的老板曾经就是著名女鞋品牌达芙妮的掌门人。

尽管他们身份不一、动机不同，却戏剧化地在同一个时间段，嗅到了同一种气息：山雨欲来，中国偶像产业的窗口已经大开。

风是从2013年刮进来的。那一年，以吴亦凡、鹿晗、黄子韬、张艺兴为代表的EXO中国成员回国发展，这批韩国生产出来的明星，迅速蹿升为国内商业价值最高的代表性人物，堪称“偶像界”的标杆性产品。这像是一个里程碑。受惠于韩国专业偶像体系的“归国四子”，在国内起点极高，几乎碾压本土艺人——他们的片酬动辄几千万元，甚至过亿元，各种杂志封面、广告代言更是接到手软。这种傲视群雄的姿态，让国内的从业者们瞬间领悟到日韩工业化产品的极大优势。"过去其实大家也关注日韩的偶像经纪，但当他们的产品真正地出现在我们身边，和我们的产品同台竞争的时候，这种优势、震慑力绝对是惊人的。"一位资深经纪人告诉我。于是，原地观望的本土经纪人们仔细分析了"归国四子"的走红路径：从男团时期的音乐作品爆发，再到回国涉足综艺、影视，这种全方位的打造模式，为他们迅速积攒人气、占领市场。经纪人从而得出了一个基本判断：只有具有综合素质的"全能偶像"才能有更大概率走红。

不过，"归国四子"毕竟是韩国体系下的完成品，这让大家有些迟疑——将日韩的成熟模式直接复制粘贴到中国会不会水土不服？有一位勇者先试了水，它的名字叫作"时代峰峻"。他们借用的是日本明星经纪巨头"杰尼斯"养成模式，招募了一帮00后，组成了TF家族，第一批TFBOYS王俊凯、王源、易烊千玺一出道，就成为最受欢迎的少年组合，可以说创下了明星商业化奇迹。归国四子和TFBOYS的先后成功，都印证了这种模式的可复制性。而此时，市场正进入前所未有的饥饿时刻。李颖对此感触颇深，"我们整个市场消费一代艺人已经太长时间了，陈坤那一拨明星红了十几年，却还在演一些十八九岁的角色。就是因为现在的市场拿不出来有实力的新人"。

说服资本圈的逻辑也容易跑通。"我们曾经算过账，现在投入人比你投一个剧的回报好多了，剧的投资回报是有天花板的。但是你投资人呢？首先，前期其实根本不需要那么多钱，其次，如果说真的你要能培养出来一个大明星呢？稳赚，而且还是持续不断地回报。”一位经纪公司老板告诉我们。即便在娱乐资本的“寒冬”时刻，泰洋川禾、麦锐娱乐均在2017年获得了千万级别的融资。这个账恐怕没有算错。根据中泰证券分析报告显示，中国市场的用户粉丝基数远超日韩用户总和，正在上升期的文娱市场，偶像经济未来创造的绝不仅是101个女生，到2020年，中国将创造下一个千亿级市场。

没有人具体统计过到底有多少家公司在这个时间点成立。实际上，大多数公司都是在秘密筹备，直到《偶像练习生》《创造101》两档节目播出，这些公司才突然跟变戏法一样出现在大众面前，大量形形色色的练习生招募计划随之出现，刷屏了业内人士的朋友圈。不止一家经纪公司告诉我，他们在招募练习生的过程中多次遭遇竞争，不论是在线上招募，还是在线下艺术院校吸纳生源，到处群狼环伺。从韩国回流来的练习生“半成品”是各家极尽手段争夺的对象。小辰（化名）就是其中之一，他17岁就到韩国做练习生，中途还有过短暂出道，但后来团体因运营不善解散。回国之后，他辗转了几家经纪公司，其中不乏元老级的乐华。早已经“身经百战”的他挑选经纪公司的眼光很专业，仅仅“画饼”完全无法打动他，他要求经纪公司拿出更多“干货”。

“坦诚最重要，另外就是专业度，起码做每件事情都要有规划，不能说试着来，比如说我先做了这件事之后，那我们会自己感觉有什么样的后果，然后我们利用这个可以做什么其他更多的事情。”和泰洋星河的第一次见面，他们就聊了整整两个小时。不过，像小辰这样有经验的孩子毕竟是少数，经纪公司更大的目标群体是二三线城市艺术院校的苗子，以及一些没被签约的网红，甚至是纯素人。俞彬在微博上接到经纪公司“壹加壹”的私信后，就自己一个人到了北京，第一次和李颖见面，他几乎什么也没多问，就听老板一个人说。“她说了有一个多小时吧，结果第二天就签了。”现在，俞彬作为壹加壹的第一批学员已经训练近一年，他对自己的直觉和正确选择感到颇为骄傲：“我就是一个凭感觉的人，缘分到了就行。”

“壹加壹”背靠母公司“壹心娱乐”，有鹿晗、赵又廷等金字招牌站台，招人并不算难事。另一些行业新公司则完全不占优势了。“极创引力”的CEO坦言，首批人选只有30人，几乎没有选择，“只要不文身”全部入选。选择与被选择看起来是双向的。但信息的不对等到处存在。辰星娱乐开在三里屯SOHO，我采访的那天下午，前后来报名的有四五十人，大厅坐不下就坐在地上。那段时间正好是偶练播出，公司凭借徐圣恩等练习生名气大涨。几个房间都在面试，有的是孩子自己来，有的是家长带着来的。大家的眼神都很迷茫，一边打听，一边由工作人员一个个通知进去面试。粗粗看去，这些孩子的素质大都很一般，工作人员不停地鼓励她们：“女孩子嘛，打扮打扮就漂亮了，都是打扮出来的。”

不过，把这些孩子们招募到一起，这才是考验的开始。几乎所有人都认为，这一次偶像产业集体崛起，和过去《超级女声》《好声音》时代的草根选秀有着本质区别：在过去的经纪体系中，经纪公司是直接收割者，即便星探去挖掘新人，也只是为了单一项目服务。而现在，他们必须把这件事做成养成系来进行长线规划。目前，在国内从事女团经纪的公司，主要分为日系养成和韩国练习生模式。

两种被印证的优点，也很精准。作为流量型产品的韩团消费门槛低、用户群大。日系养成团则侧重于更深度的体验和服务更垂直化的人群。

王思聪更看好韩系的练习生路线，在“香蕉娱乐”内部定下的女团发展规划是三到五年。李颖则对韩系培训体系做了一些改良，他们保留了练习生的培训框架，但是培训对象却是“影视练习生”。因此，她专门找来了中戏的老师，为学员特别设计了定制课程，同时还专门在课堂上设置助教，逐渐培养自己的师资体系。而另一些不具备完全培养能力或精力的公司，则会联合其他公司一起培养，例如，千易时代就采取了“0.5+0.5”的中韩合作培养模式。还有人则直接找其他有资源的经纪公司委托培养。

日系代表是SNH48、TFBOYS和蜜蜂少女队。这种模式主打的是粉丝陪伴式体验，成员还在练习生阶段就会开始在剧场里演出，跟粉丝直接接触，以实现粉丝和偶像共同成长。

当然，在一切规则不甚明朗的时期，摸着石头过河的也大有人在。辰星娱乐号称全北京练习生规模最大的偶像养成经纪公司，老板乔治介绍，辰星是“插上了金融的翅膀在做”，想要“做中国第一个上市的练习生股票”。这是一家完全对外的商业培训机构，练习生人数已经过千，不同于大多数练习生经纪公司或免费、或发工资的模式，辰星同时招募不符合立即出道标准的新人，并向他们收取6.8万元的培训费，培训周期是半年到一年。“我们是14门课程，学不会可以无限期学。其他地方都是一年10万元，我们是行业当中最低的。”乔治强调，他们现在几乎在培训费上“不盈利”，“我们砸钱做这个事，就是为了把品牌做起来。"

不差钱似乎是目前偶像经纪行业的基本底气。带资进"练"的大有人在。据透露，有的练习生为了能早点出去演戏，花了800万元给自己买了个配角。在此前，辰星最负盛名的练习生徐圣恩用自己的资源接到了小黄车ofo的新季度全国推广大使，后知后觉的公司名气也随之水涨船高。谁推广谁、谁反哺谁，谁和谁的共同体又联结了谁，模式永远跟随利益走。而领誉传媒创始人周昊则从长江商学院MBA课程里获得了一些方法论："所谓人工智能替代人类的最核心，就是把一些能够标准化的内容放进系统里面，当它系统化、制度化跟工业化程度够高的时候，你就发现人就没用了。"因此，他给自己的公司创立了一套类似于生产车间的工作逻辑：前期规模化地储备新人资源，然后再进行标准化的制度管理。他们为此专门开发了一套艺人线上管理系统，把艺人的培训、淘汰、晋级都进行标准化设置，"每个艺人都是一个特殊的产品，按照一定的规则去孵化、培训、养成。"周昊颇为骄傲地说，"在我们的系统里，六七个经纪人能管一百多个人，任凭哪个公司也做不到这一点，这就是技术化管理。"周昊透露，在艺人成熟的后期，他将倡导"分享经纪"，把艺人的经纪约分享给其他公司，大家共同来打造。

"只有这种标准化、制度化的模式，才能实现'量产'。"周昊始终在模式中强调"量产"，这是一种类似于韩国的偶像工业的密集生产模式，依靠成熟体系每个月可以推出大量偶像，外界不断看到新的爆红的个体，其实是一种"幸存者偏差"，是建立在许多失败团体之上的。周昊并不讳言，之前通过电视剧《浪花一朵朵》《国民老公》走红的新人熊梓淇就是“幸存者”之一，但他对于这种个人爆款并不是很在意。“我们就是人多，我们要的是规模化的收益。举个例子，200个人，一人一年赚50万元，你算算多少钱？说实话，我不在乎某一个人多厉害。”

虽然路径各不相同，但投身偶像经纪行业的人们迅速达成一个共识：在快速消费的中国市场，“不能憋太久”。韩国偶像在出道前，往往经历至少5年以上的练习生时光，但在中国，基本上每一家公司都把练习生培养的时间大大缩短。香蕉娱乐把周期调整到了两年内，泰洋星河和壹加壹则是一年，盛夏星空的偶像经纪部负责人告诉我，他们将把培训期定为两三个月，并同步为旗下练习生定制一个音乐型偶像剧，让他们边练习边发展。虽然培训时间短，但大家都很相信中国人的“聪明才智”，其中一位经纪人更是信心满满地放话：“我们一年就能盈利。”

还不到一年，变现的机会就来了。爱奇艺和腾讯两家视频行业巨头陆续发起了《偶像练习生》和《创造101》两档主推练习生的节目。和以往的草根选秀节目不同，2018年选秀最大的不同在于三层结构——平台节目、艺人选手、经纪公司都参与其中，而之前只有平台与选手的二层结构。辰海星河的投资人陈悦天认为，这是一个足以颠覆行业的舞台。

资料显示，爱奇艺主办的《偶像练习生》前期沟通的公司超过80家，而腾讯视频主导的《创造101》则沟通了数百家经纪公司，这些公司成为整个选秀体系的重要组成部分。也就是说，这两档选秀节目收割的正是这些经纪公司过去几年的积累，自然而然也就成了角斗场。根据时间和实力排序，战局上高低立现。筹备多时的乐华娱乐、麦锐娱乐、香蕉娱乐都显得信心十足，成为为数不多同时参加两档节目的经纪公司。其中，又以成立7年的乐华娱乐资历最深，他们很早前就把从国内挑选的孩子送往韩国做练习生，把握先机的优势也相当明显。除了在《偶像练习生》出道9人中占据3席，节目中的舞蹈指导程潇也来自乐华。而在《创造101》中，导师王一博是乐华娱乐的出道艺人，最终分别获得冠、亚军的吴宣仪、孟美岐也都来自乐华已在韩国出道的女子组合“宇宙少女”。

相比之下，一些刚入场的偶像经纪公司就显得很被动。传统影视公司出身的“盛夏星空”2018年也开办了专门的偶像经纪部，但成立时间不久，培训体系也尚不成熟。他们需要面对的现实是，在大公司的强势竞争之下，新公司的镜头总是很少，选手很难获得好的名次，甚至连积攒人气和知名度都变得困难。有坊间传闻，节目组一早就内定了10家公司的艺人最终出道。但对于这个说法，《偶像练习生》和《创造101》双双否认。“但我们又不得不来，其实大家都有一个困境，就是我们没有途径怎么去做我们的新人，全都靠像赌博一样，只能把他们直接推向市场。”即便在和我们的聊天过程中，盛夏星空偶像经纪部负责人都还不忘询问，有没有节目可以让他们的练习生们继续露脸。

在《偶像练习生》播完后，第一名蔡徐坤从不知名练习生一跃成为2018年热度最高的流量鲜肉，代言费上涨到1200万元。以“坤音娱乐”为代表的偶像经纪公司也在资本市场上身价大涨。而从《创造101》走出来的“火箭少女”也商业价值尽显，不仅迅速获得了多个品牌代言，还为热门电影《西虹市首富》演唱插曲。随着中国偶像产业走向工业化这个开端，问题也逐渐显露。近期，《偶像练习生》和《创造 101》节目组和经纪公司之间的“共享经纪约”都出现了不同程度的磨合问题，“火箭少女”甚至一度出现了解散的传闻。

在日韩，偶像产业有一套从选拔培训到曝光的完整产业链条。练习生们参加偶像选拔综艺之后，还有打歌节目能让他们保持曝光度，但在国内却并没有这样的体系。正因如此，很多人对此并不乐观。不过，利好消息是，有视频平台已经意识到这个问题，开始筹备与偶像匹配的打歌节目，只是目前尚未成形。不少经纪公司方面也表示，他们将持续不断地和优秀的音乐人合作，尽力做内容。

在节目的助推下，练习生招募变得更加容易，后备军仍在继续扩充。蜜蜂少女队顺势扩大了招募规模，甚至把年龄降到了 12 岁；觉醒东方也招了新成员，年龄集中在 15 岁到 22 岁。坐落在北京城里的一座座训练室里，那些怀揣明星梦的孩子们每天从清晨练习到深夜，包括声乐、舞蹈、形体、表演，每周都排得满满当当。

每一个人都显得信心十足，放眼看中国偶像产业的大海一片蔚蓝，爆发不过是时间问题。“但是，这是一门做‘人’的生意，我们不能只谈模式不谈人。”在上海，张绍刚采访完蜜蜂少女队的老板陈英杰，他问后者会如何培养这些十几岁的女孩，陈英杰大谈特谈商业模式，令张绍刚有些不满：“把一群孩子弄到这里来，不一定能红，甚至不一定能出道。一旦潮水退去，她们的未来会怎么样？难道没有人应该对她们被荒废的青春负责吗？”在我的调查中，已经有部分经纪公司的练习生因为高强度训练和高压考核出现了抑郁的情况。

真正关注这些孩子的似乎只有他们的父母，在 hello girls 女团张楚寒投身演艺圈之后，她的爸爸对这个行业进行了非常透彻的研究，对女儿的"事业"依然很不放心。"家长们想得都很细致，而恰恰就是那个细致才让他们表现出来足够的担心，说明什么？说明今天我们的女团市场不让人放心。"张绍刚说，如果他的女儿现在要做练习生，他也会毫不犹豫地阻止。

但年轻人还是前赴后继向聚光灯底下跑去。

（根据速记整理，经过本人校订）

第八十二期

表达与呈现

——社会底层如何通过移动互联网赋权、赋能

主持人：孙佳山（中国艺术研究院马克思主义文艺理论研究所）

主讲人：张海华（北京语言文化大学新闻传播学院）

刘　楠（中国人民大学新闻传播学院）

时　间：2018年12月19日（星期三）上午9：30—11：30

地　点：中国艺术研究院主楼334会议室

主　办：中国艺术研究院马克思主义文艺理论研究所

编者的话

进入21世纪第二个十年以来，随着移动互联网作为基础设施在五六年的时间里迅速完成技术性的体系搭建，其迸发出的惊人效能所掀起的时代波澜，在持续刷新人类历史各项媒介经验纪录的同时，也不断地向社会的中低阶层下沉。社会底层群体开始通过网络文艺、自媒体等载体，来表达和呈现自己。而他们在既往主流文化和媒体中极少获得关注。在这一过程中，阶层、地域、民族、性别等多维度的差异和差距被不断显影并放大。尤其是以快手、抖音等为代表的、作为移动互联网时代最大众化的文化娱乐媒介的直播软件，在近两三年，不断卷积着海量的社会中低阶层用户。由此产生的大量文化现象也饱受争议，包括被知识分子阶层所重视的“返乡书写”之问题，近来围绕“屏幕是否改变命运”的广泛争论，都不过是这一历史过程的伴生品。

因此，本期论坛拟围绕社会底层如何在当下通过移动互联网完成自身的赋权、赋能，以及在互联网发展这一背景背后得以被显影的社会底层，在包括网络文艺、自媒体等载体在内是如何表达/被表达、呈现/被呈现等问题，进行深入挖掘，以期为其所连带的复杂的文化治理、社会治理提供有价值的理论思考。

孙佳山：移动互联网时代以来，我国因庞大的人口基数而拥有最广泛的大众，一些对公共事务、社会事件发表看法的“名人”，在微博上形成了当代中国最初的“意见领袖”。而在移动互联网完成基础设施的搭建之后，基于大数据和人工智能算法的偏好推送，将具有共同情感经验、审美趣味的人群更精准地聚集在一起，消弭了时间和空间的差异，“意见领袖”开始以“网红”“粉丝明星”等形式更广泛地存在于社交软件、电子商务平台，以及各种分享类应用中。移动互联网初始阶段带有强意志和强倾向的意见领袖逐渐衰微，原来观点的传播也变成了交流性的、合作性的、富有情感的劳动。这样的时代性变迁，一方面与当代中国的经济结构转型具有同步特征，另一方面也是在全球进入从理性主导的文化、认知层级，过渡到分享日常生活感性经验的新的“帝国”阶段之后的真切现实映射。

难以避免的是，被裹挟在全球市场之中，中国的意见领袖在获取流量、获得注意力、取得话语权之后，通过“带货”等效应，依然陷入了马克思在《资本论》中所描述的典型的生产—消费闭环。

资本本身为获得话语权，也开始了对意见领袖的“孵化”。越来越多的意见领袖隶属于某些资本支撑的意见领袖孵化器。然而，不可忽视的是，意见领袖依然是以个体感性经验的分享为基本表达内容，并由于媒介形态的持续变化，以更加灵活的形式涌现和存在，意见领袖自身的身份，他们的意识形态、他们的社会阶层，都不会是成为意见领袖的标准或门槛。只要他们的意见能够为大众所感知、所参考，能够与某些人群形成共享的感性审美感受，能够通过各种修辞手段展现说服力，就可以实现对舆论或个体的感性经验产生共同体式的影响。

总之，意见领袖在其初始开端多为时政热点等公共意见的表达，在移动互联网时代降临之后，则逐渐主要集中在感性、审美经验的分享。在这种新的分享机制内，存在着多重的转向和翻转。首先是扭转了意见的单向传播，一步步发展为大众的广泛的感性经验分享。此外，也扭转了传统舆论领袖的精英身份，并扩散到更宽泛的圈层。更重要的是，其所分享的内容由评价性的内容变成分享感性经验。

尽管在“网红”“粉丝明星”流行之初，他们所分享的感性经验的具体表现——审美判断力，带有如阿苏利在《审美资本主义》中所指出的那样，对贵族趣味的模仿，是资本主义的审美品位；但随着移动互联网的几近普及，媒介话语权被赋予到“诸众”的几乎每一个个体，即便在诸多的意见表达者当中，存在着大流量的“网红”“粉丝明星”和小流量的普通表达者（或成长中的“网红”“流量明星”），移动互联网时代，意见领袖的意见表达和感性分享，已经在相当程度上祛除了传统阶级意义上的“权威”，其中的许多感性审美经验，也为“帝国”路径中的感性经验互动者所共享，而并非专属于某一个或某一类“网红”“粉丝明星”的独有经验。“诸众”的感性经验，相关图像、符码、情感等的再生产，在新媒介空间中被重新组织，形成了新的知识、新的共识，产生了新的文化流动、文化融合，这种不稳定的、不限制潜在动能的感性审美表达形式，其根底，也是文化本身所蕴含的面向未来的变革力量。

刘楠：各位朋友好！我叫刘楠，我现在在中国人民大学新闻传播学院读博，但同时我也是一个非常“老”的记者。十几岁时就对新闻产生浓厚兴趣，对当时所谓的“电视延安圣地”央视《东方时空》心向往之，后来从研二就在央视实习，在央视《社会记录》做新闻记者、策划主编，一直关注社会弱势群体，探访了新媒体时代汹涌而至背景下的几十个边缘村庄。再后来我又在门户网的视频部做主编，也了解了互联网公司媒体运作的机制和流程。对于今天论坛的主题“社会底层如何通过移动互联网赋权、赋能”，这方面虽然我不是专家，但一直是观察者。

感谢中国艺术研究院，这里非常具有人文气息和底层关怀意识。两年多前，女家政工范雨素走红后，拒绝很多家媒体的采访，但是她第一次公开亮相就是在这里。我记得那一天保安特别负责任，我进不来，为此还向孙佳山老师“求救”，最后靠他的一条短信我才进来的。那天范雨素呈现了一个朴实自尊又才华横溢的农村女性形象，席间她和学生们平等又热烈地互动，我至今印象深刻。

回到主题“表现与呈现：社会底层如何通过移动互联网赋权、赋能”，其中导言提到的领域，是我一直在关注的。一个领域是有关农民自媒体的自我“表达”，比如他们在抖音和快手这两个 APP 平台的表达。就在上个月，快手的副总裁等人专门请一些媒体人交流，我也去了解学习他们的理念和商业平台的运作，以及农民用户的生产机制等；第二个领域有关返乡书写，梁鸿老师的《中国在梁庄》对此一领域的研究具有开创意义，我自己这几年也在进行着返乡书写的尝试，作为个人媒体人角度的一种“呈现”。我做了系列纪录片叫《新闻漩涡后的村庄》，关注中国发生过最残忍事件的底层村庄，经历旋涡后人们的精神变化、村庄内部缝合和破土力量。比如我从央视《新闻调查》开始，就跟踪广西的“砍手党村”，一个村 100 多个人去广东抢劫被抓，背后映射的其实是城乡的二元对立问题，文盲农民工在城市难以融入、抱团犯罪的问题。这几年我一直在跟踪的是云南“盲井村”。大家看过王宝强的成名作电影《盲井》，其实李扬导演的这电影就是根据中国发生过的真实事件改编的，这个电影传播又连带很多人去模仿、犯罪。大家如果搜新闻的话，会发现每年都有“盲井”，包括北京的顺义区也发生过这类事件。云南盐津县的“盲井村”是最触目惊心的案子，其中一个村就有 50 多个人涉案，部分村民把人骗到煤矿砸死，骗取赔偿款，大概一个人可以因此获取 50 万元到 70 万元人民币的赔偿款。我跟踪这个村庄，是在媒体第一轮报道犯罪事实后，其实更多关注的是后续的，也就是新闻的第二落点，比如这其中美好的复杂性和丑陋的合理性。我跟踪了两个孩子，是这个村庄伦理悲剧的核心案件，一个孩子是他的后妈把他的父亲害了，另一个孩子的情况是他母亲把他舅舅害了。我今年是跟踪到第三年，刚刚在腾讯谷雨特稿的平台发了一篇文章，叫《孩子走出盲井村》。这篇文章记录的是在悲剧事件发生之后，这两个仇家的孩子互相宽恕，以及他们如何面对现实的心理历程。

媒体的“表达”其实有很多角度，大家可能知道轰动全国的“白银连环杀人案”。一个从村庄走出来的高考落榜生，他在几十年中连续在甘肃等地恶性杀害十几位女性，最后在白银市他经营的小卖部被抓。媒体报道了很多内容，例如他犯罪的细节，他打工所在的白银市作为一个工业城的兴衰变迁，但是我的呈现角度切入他出生的村庄——甘肃省榆中县青城古镇的城河村。因为他在那个村庄生活了 38 年，是他人生观、价值观形成的重要地方。当时我住在村庄的农家乐，通过走访多方知情人去还原他从小到大的成长历程，包括这个村庄在时代中历经的变迁，从所谓的熟人社会到陌生人社会。这个村庄文脉悠久，明、清两朝出了很多状元、举人，祠堂宗族文化是非常繁盛的。如今出了一个“恶魔”般的杀人犯。这个村庄的家族结构已经发生了诸多改变，包括这个杀人犯，他叫高承勇，祖上是当地望族，我是希望从村庄的角度来破解杀人犯的心灵史。高承勇的名字还在高家祠堂的族谱上，族长高孝友说不会删除他的名字。以前对不孝就要施以鞭刑的家法现今早已没有约束力。祠堂更多是作为寻根祭祖的场所，高家族人现在只在每年清明节才会来祠堂纪念先人，如今村庄的“团结”也在城镇化的进程中逐渐衰落。

我看孙老师这次写的主题非常好，就是“表达与呈现”，其实还有一个破折号是“被表达与被呈现”。农民自媒体，包括抖音和快手，它其实是现代农民的一种自我的新媒体表达平台。知识分子返乡书写是前两年非常热的话题，但是这两年也已经开始淡化了。前两年该批判的话题也都被批判过了，例如2015年和2016年春节，王光磊的文章《一位博士生的返乡笔记》和黄灯的文章《一个农村儿媳眼中的乡村图景》接连走红。随后一系列博士返乡日记呼啸而出，一些媒体甚至发起“博士返乡”的征文活动。在话题、流量的裹挟下，蹭返乡热点的《江西年夜饭事件》一文被信以为真，引发愤怒。失控的现象也促使舆论风向标开始转向，2017年春节，一位刘教授写了一篇题为《文科博士回家能不能别装？》的文章，其中有句话，“那些文科博士写的文字，悲悲切切，硬是将自己打扮成家乡的教父，硬是挤出点先天下之忧而忧的悲情”，也引发不少共鸣。

在我看来，知识分子返乡，特别是“博士返乡”是一个逻辑有问题的词语，“返”这个字带有一点高傲的、城市中心的视角，仿佛博士返乡是居高临下、带着怜悯和道德优越感的行为。但是，谁说只有文科博士春节回乡才能进行记录？因为探村博士联盟，我认识了很多数月蹲点调研、用行动建设乡村的博士生，还有很多这样的人，他们不该背上这个舆论的十字架。与此同时，我们也要反思，知识分子如何理性、务实地看待乡村，如何超越个体经验进行记录，形成与乡村的命运共同体，以及如何推动现实乡村议题的实践成效等问题。

说完农民自媒体赋权下的自我表达和返乡书写这种外围的知识分子的呈现，今天主题介绍也提到最近《中国青年报》（以下简称《中青报》）刊发的《这块屏幕可能改变命运》一文引发的争议，《中青报》报道贫困地区学生可以通过网络直播课堂改变命运的事件，其实是媒体对底层部分社会问题的一种关注。直播课堂这种技术赋权的积极意义是不用质疑的。但是还有媒体去跟踪说，四川大凉山的直播课堂就没有那么大的提高成绩的作用，老师言传身教很重要。教育怎么样改变，在什么样的自变量下，我觉得这些视角呈现，《中青报》在报道细节上是可以考量的。

我个人觉得这三个问题是有机联系的，从农民的自我表达，到知识分子的呈现和表达，再到媒体对底层的呈现和表达，这个逻辑关系其实是非常巧妙的。

刚才只是笼统地说这三个问题的关系，现在我按照顺序说一下。

先说农民在快手、抖音等自媒体上表达的城乡问题。最近我写了一万多字的论文，标题叫作《农民自媒体视觉生产中的赋权、异化与文化主体》，这里面也用到很多马克思的异化理论、罗兰·巴特的视觉文化理论等。

移动互联网时代的发展、视频硬件技术门槛的下降、社交化视听场景的普及，随着农村地区互联网普及率的提高以及农村网民规模的不断增长，农民UGC用户（成为互联网主动的）生产者、创造者和建设者。从网络亚文化的自我表达需求，到粉丝经济的流量变现，到娱乐至上的狂欢，“土味文化”在获得技术赋权的同时、在迎合商业逻辑与主体性表达之间，遇到了现实博弈的新问题。

我想研究的是，在我国大力提倡乡村振兴这一背景下，“土味视频”是否弥合了城乡之间的裂痕，有助于外界重新发现被遮蔽的主体这一问题。作为媒介景观之外，如何从满足个体需求到主动表达权利话语，如何从网络亚文化形式到真正创建文化共同体，农民视觉生产又如何促进构建乡村传播新生态，这些问题也都值得进一步思考。

比如说异化问题。快手上有一对特别红的CP，分别叫“山村小杰”和“万能子墨”。大家可以看一下，他们其实特别神秘，这两个人算是一对情侣。他们生活在山林里，就像武侠小说里面的桃花源一样，每天做竹子器具。山村小杰把竹子砍下来给他的女朋友做各种各样的神器，都是很好玩的东西。现在在快手APP上，他们两个人的粉丝有1000多万，在抖音APP上也有1000多万。他们两个人光在快手和抖音就有2000多万的粉丝。但是他们很神秘，大家不知道这两个人到底生活在什么地方，但是可以确信的是，他们都是被资本包装过的。今年“双十一”还有一个口红广告，请这对情侣CP做代言，就是通过嵌入农民短视频的方式来进行商业宣传。

值得警惕的是，很多有话语权的农民网红，表达的都是迎合商业的话题，而不是表达像基层拆迁、市民低保等现实问题。你可能会发现，当他们去表达这样的话题时，就非常有可能没有受众。以前在“微博时代”，原来很多媒体人要找选题会去看微博，很多农民说我们家拆迁了，遇到了不公对待，在微博上发布视频，然后很多大V一转，这个事就有影响力了。但是在“快手时代”，农民展示的平台，有的因为商业机制，很多时候把这个功能给屏蔽掉了。政治话题的拓展受到局限时，当然从农产品销售来打开销路，从脱贫攻坚的角度也是好的。

现有的生产体制下，农民网红希望和粉丝互动，更多希望的是用虚拟礼物兑换现金，或者用流量变换现金，另外是导流电商平台。其实如今很多的农民网红变成了电商的一个链条，包括还有一个非常正面的农民网红巧妇九妹，就是2018年上了《焦点访谈》和CCTV—2，而且被很多杂志报道，她的形象更偏正面，作为一位来自广西的38岁农民妇女，她每天的直播内容就是自己的日常，比如做饭、摘果子，也吸引了很多粉丝。但是当你仔细研究这个人的时候就会发现，她背后是她侄子的团队。她的侄子以前在天津一所本科学校专门学影视专业，后来也在光线传媒工作过，后来可能家里有一些事，所以返乡了。其实你会发现，像她这样的农民网红，其实也是由她侄子来包装的，非常专业化。我看他生产的很多标题，确实挺专业的。

我举一个例子，她在推广农产品时会说："6斤土鸡这么吃试过吗？""巧妇九妹直接用电饭锅蒸煮味道会如何呢？"你会发现她的专业化团队当中是有一些新闻属性的，包括对粉丝的吸引，这些标题的专业化程度也是在不断提高的。所以说她成名很快，她是今日头条力捧的一个农民网红。今日头条的一个乡村达人，就是所谓"三农网红"，2017年的时候跑到广西，在村里说我们要搞三农活动，在那里办发布会，并且给农民网红价值人民币100万的流量奖励。所以我们发现商业和所谓的农民网红，他们的利益捆绑越来越紧密，当然这会带来非常好的广告效果。比如说巧妇九妹，他们当地的县长去看望她，这时候你会发现，整个话语权出现了逆转。但事实上，我觉得比较好的一点是，现在这种话语权更多是用于推广我们当地的农产品，似乎都成了这样。其实我们真正希望实现突破的话语权领域，反而很难实现。因为在我看来，农民的文化主体性很难实现。

另外，有一个网站短视频工厂，每个月都会公布抖音、快手的名人排行榜。上个月我搜了一下前20名，前20名特别有意思，其中有三个人都是直播非洲的各种乡闹，带着那种异域的奇异色彩，我发现大部分时候是这样的。我们统计的时候还发现，上个月排名第一的人叫花椒姐，她是养猴子的。还有很多这种在快手上走红的人，是养大型犬的、养蛇的、养狼的网红，反正越稀奇古怪越有受众。

2016年的网络红文《残酷底层物语：一个视频软件的中国农村》提到，为了吸引眼球和涨粉，农民网红们可谓花样百出，他们通过吃虫子、自虐等视频获得关注，从而收获广告的经济效益。虽然这是极端现象，但现实是，很多短视频APP和网络直播平台上，多是娱乐至上、超越伦理道德的视频内容引发了用户关注，并产生了很多争议。

2017年年底，央视曝光网红“快手杰哥”涉嫌参与大凉山假慈善事件，于是快手APP官方一次封禁了300名涉嫌炒作的快手大号。2018年4月，国家网信办发布消息，要求“快手”“火山小视频”暂停有关算法推荐功能，并将“王乐乐”“杨青柠”“牌牌琦”等直播早婚怀孕、涉黄低俗违规的网络主播纳入跨平台禁播黑名单，禁止其再次注册直播账号。

以被快手封禁涉嫌炒作的“东北蛇哥”为例，他被称为“快手狠活第一人”。“东北蛇哥”一天发布三四个类似二踢脚炸嘴的视频，每个视频的点击量都有几百万。“东北蛇哥”的视频表演刺激血腥，常有啤酒瓶敲头、生嚼碎玻璃、汽车轧手臂等内容。他越自虐越上瘾，有一次表演敲碎玻璃瓶时，甚至让小汽车轧自己的手臂，然后在镜头前举起鲜血直流的手，后来他被送进医院。更突破底线的是，他和蛇嫂大胆策划吃海鲜“假死”的情节，还做了墓碑，引发众多粉丝关注。被封号后，“东北蛇哥”又重新注册快手号“东北蛇哥东山再起”，自称此后走“正能量”路线，并反思表态说自虐视频是负能量的。

除了内容低俗、逾越道德的问题，乡村自媒体创作团队借助人们对“土味视频”的猎奇色彩和好奇心理，在生产流程和知识产权等问题上也引发争议。

2018 年 8 月，微信号“刺猬公社”发表《实地探访山东新媒体村，农妇做自媒体收入破万》一文，描述在山东省李庙村有 20 多名留守妇女组成了自媒体小团队，每月收入最高过万元。此文成了热门爆款新闻，随后也引发争议。农妇们直接在网络上收集视频资源，剪辑成短视频并进行发布，侵犯了他人版权。团队负责人李传帅的自媒体培训项目“千乡百万”计划，很快被政府叫停，原因是其没有获得资格认证。

这些现象暴露了农民自媒体视觉生产流程的新问题。门槛低、短平快的制作方式，推动了“土味视频”用户的数量增加和爆发趋势。而出于流量收益变现的商业驱动，一些人也开始在审核原创内容的缝隙中钻空子，盗用他人的劳动成果，造成了恶性循环的娱乐狂欢，偏离了最初的发布动机，陷入消费主义的商业逻辑中。长远来看，低俗内容和成果搬运，“劣币驱逐良币”，对于真正表达乡村面貌、有赤诚之心的农民自媒体创作者来说，无疑是一种伤害，影响了人们对“土味视频”的信任和对“新农人”新面貌的理解和认识。

这两天我一直在记者群里讨论“屏幕改变命运”的事。所以也特别想跟大家探讨一下，我不知道你们以前在上学的时候有没有网络直播课堂?

我觉得这两天，包括《中青报》的记者也开始问大家，网络直播课的效果如何？我觉得要在不同情况下进行不同地域的考察。大家有没有注意到一个小细节，这篇文章说直播网课一年的费用是 7 万元，结尾的时候他又说一年的费用其实只有 3 万元，而且课程都是录播，意思是这所学校占了一个大便宜，就觉得似乎网校的社会责任感很强，网校特别正面，甚至有做公益的性质。但是我发现这是新闻信息屏蔽造成的一种虚假现象。昨天澎湃新闻有一个报道，其采访的内容是《中青报》报道的那所云南学校运作的网校为什么收费从 7 万元变成 3 万元。这个网校后来也被媒体说成是亿万富翁，但真正的原因是中间有一家公益机构跟网校和学校对接，他们通过公益项目去筹集了一部分资金，填补了那 4 万元。因为这个信息缺失了，所以《中青报》就给大家造成一种虚假现象，认为网校是资本的商业机构，不然怎么给学校这么便宜的价格？这个误会其实就是信息不对称导致的，是记者没有了解到这一层信息。

有人说，《中青报》的文章引发了人们对底层教育不均衡问题的关注，引发了全国性的热议，这种光亮感已经够了，不要再执念当“杠精”了。从这个角度，我特别尊敬媒体对《中青报》信息的弥补和矫正，不仅是新闻专业主义，更是对底层问题负责的较真精神。

有时，关于底层的新闻报道和呈现需要一些跨学科的知识。我们传播学有一个名为“知识沟”的理论。20世纪曾有一位美国学者研究，说给贫困家庭的孩子放早教电视系列片，会不会缩小他们同富人家庭孩子的教育差距？可是经过深入研究之后，美国学者发现这一举动实质上扩大了差距。技术改变现实的作用很大，但是在不同变量下，媒体应该怎么报道？公众该怎么认知？我觉得这个是很有意思的一个问题，而且它也很复杂。因为这类事件，丁磊甚至主动说他要拿出1个亿去搞直播课堂。那这又相当于给了地方一个大蛋糕，可能也会因此又造成一些新问题。比如大家可能会说我们来买单吧，都来上直播课吧。所以我觉得现在更多的还是要进行多方面的论证和分析。

还有一个评论，我觉得这是脑洞大开的一个点。这个评论是说别因为那一块屏幕，给超级中学“洗白”的机会。这是《新京报》发的王天定教授的评论，他是新闻传播界的一位著名学者。王教授就是说贫困地区的直播现象，也是超级中学的一种表现，超级中学为了教育不公，制造出了畸形成果。当地为了提高超级中学的升学率，所以搞直播课堂，但最后发现直播课堂也不是所有人都能参加。所以担心又会有人打着教育公平的幌子，去巩固特权，导致超级中学越来越大。所以乡村孩子把命运寄托到一块屏幕上，只能让超级中学成为真正的赢家，让教育公平的实现难度进一步增加。所以他的评论说别给超级中学洗白的机会。我觉得这一点非常有意思，大家还可以进一步再去思考。

最后我想跟大家分享国际领域的“底层表达和呈现”的故事。我曾经是国家公派留学生，一直调研国外村庄。其实从个人的生命和职业脉络而言，我比较关注底层的问题。在加拿大的时候，我就跟踪调查过印第安原住民的村庄，他们一直在抗争政府铺设地下输油管道污染环境。当地的很多学者也在这个议题上帮助他们。例如赵月枝老师的博导罗伯特，白人，男性，他一直在帮印第安人抗议，还因此被拘留了几天。2017年，我参加国际顶级的媒介会议IAMCR，他在会议的发言内容就涉及帮印第安原住民抗争之事，他从媒体表达的公共空间去传播此事。回到主题，我希望我的返乡书写更有国际地球村的视野，一方面从原来的新闻思维，就是从中国看“砍手党村”“盲井村”这样具有新闻性的村庄，另一方面要拓展到国际视野，在这两者的视野结合下，真正回到我自己所在的村庄。

通过博士视角的返乡直播，展示不同切片的乡村春节故事，试图挖掘乡村的真实内核和内在的缝合力量。“返乡书写”作为非虚构类型的文字传播，是创作者自身情感、立场和价值判断的体现。而文字的局限性和受众“解码”的有限性，也限制了乡村图景真实表达的效力。和文字相比，视觉文化传播更直观生动，现场参与感更强。直播中，农民不再是被书写、被解读的对象，他们的思想情感、人生故事通过直播进行实时、无剪辑的展示，便于受众更充分地理解农民的现状和乡土中国的真实场景，有利于打破外界对于乡村刻板化的想象。

所以我觉得返乡书写还是有更多新媒体手段的拓展空间的，而不是停留在原来想象的那种可以预见到的被知识分子书写的乡村问题。

另外，我想说的是乡村的改变真的很大，尤其是乡村振兴这一块。所以我觉得大家的返乡书写有时候不要去刻意迎合外界，比如不写乡村的衰落就是一种罪过这种论调。我前年在腾讯全媒派发表的那篇女博士返乡的文章，编辑名字是《中国村庄正在经历重构》，里面写了“砍手党村”后续变化的内容，包括疗伤的村庄之后的觉醒力量，后边有网友就会说，“你怎么能说现在的村庄不衰落呢?”其实这也是一个关于返乡书写的舆论认知。如何让大家能够认识到真正的改变，而不是停留在衰落叙事当中？这是一个值得思考的问题。

张海华：我之前跟佳山老师说，我今天讲的内容可能和主题有一点偏离，因为今天论坛的主题是“社会底层如何通过移动互联网赋权、赋能”，我个人其实很少用“赋权”这个词，因为在一些讨论新媒体对社会影响的语境之下，“赋权”这个词往往非常抽象。我其实更希望在讨论赋权的时候，能听到更加具体的分析。比如这个权是什么权，赋权是怎么赋的，到底赋给了谁，赋权的效果怎么样，存在什么样的问题，以及其连带的一些关系是怎样的。可能是因为有一种谨慎的担忧，就是新媒体让很多人拥有了麦克风、拥有了一定的曝光度，但其实这和赋权并不能简单地画上等号。

就目前的观察来看，热烈地讨论新媒体赋权，或者更通俗一点说，新媒体对于公共权力结构带来的积极影响，一般有两种主要的讨论方式：一种方式是商业的话语。比如说之前出去开会，遇到某直播平台的老总，他们一般不会直接和你讨论平台的盈利方式，而是会告诉你说，我们平台上现在有很多网红，有一些是从浙江某些艺术院校毕业的大学生，他们有才艺但无处施展。在没有这些平台的时候，常规的艺术类的进取渠道对他们基本是关闭的。所以很多人现在将当网红作为他们的就业方向，因为有了直播平台之后，他们才可能有更多的发展空间。而且还会聊起有很多艺术院校的学生要求到他们这儿来实习。我问能拿到实习证明吗，这位老总说能拿到，直播平台甚至可以给他们开实习证明。上次去江浙一带出差，我在几个城市之间短途往返，所以就打了一辆专车。专车司机说他是做媒体的，后来仔细了解，其实他就是在做网红培训的媒体公司任职，专门负责包装和培训各种网红，给他们进行才艺培训，帮助他们联系网络平台、做内容策划，等等。某种程度上，这些媒体公司也是在帮助他们获得一定的机会。其实从商业化的角度来说，新媒体对于公共空间的改变带来了无限的商机。虽然知识分子很少去讨论商业的推动力量，但是如果换一个会议的场合，就会听到大量的商业话语在讨论这些变化，这种声音的音量是非常强大的，不可否认，这是讨论新媒体赋权的一种非常重要的方式。

还有一种讨论方式是以知识分子为主体的，这种方式更倾向于讨论主流的、公共性的话语方式。目前国内关于新媒体赋权的几部学术著作都是从这个角度来观察社会的。学术层面其实更多的是把新媒体平台作为一个新的话语场，在这个话语场中是不同的权力主体在进行话语权的争夺。刚才提到的“返乡书写”就属于这种情况。相当多的知识分子在大众媒体传播时期，在以往的媒介资源分配背景下，是没有在公共空间公开发言的机会的。这与刚才提到的艺人网红其实有很大的相似性，在新的媒介技术和媒介环境的加持下，他们能够在公共领域内发出自己的声音，在公共舆论的话语场中占有一席之地，能够把自己的言论、观点表达出来，甚至付诸实践。我非常喜欢刘楠师妹刚才谈到的她自己所从事的各种实践，这些尝试在当下中国尤其难能可贵，是非常接地气的对底层的关注。她其实也是从公共性的角度来讨论新媒体赋权。这是让很多知识分子、很多学者感到异常兴奋的一个角度，我猜这也是今天佳山老师热情地邀请我们来对这一问题进行讨论的初衷。

这里顺便说一下，刚才一直提到的关于《这块屏幕可能改变命运》的这篇报道。《中青报》冰点栏目的这篇稿件引起热议，我在课下也和学生有过讨论。先吐槽一下我对这篇报道不满意的地方。刘楠师妹刚才说的是细节上的缺失，我觉得这篇报道也有一些重要事实上的缺失。一个被遮蔽的重要事实是，教育部近年来对于边远贫困地区的招生倾斜政策，使很多重点高校都增加了在贫困地区的招生名额，忽略这个背景来谈教育信息化的作用和效果，有混淆视听的嫌疑，也很难有说服力。其实讨论关于直播式的教学能否提高孩子的升学率，并不是雾里看花、不可报道的。只要告诉我们对照组的情况，直播班是否比普通班升学率更高，如果抽取的学生是成绩优异的学生，那么可以看这个直播学校的升学率是否比那些没有进行直播式教育的学校升学率更高，甚至可以和以往升学水平相似的地区做比较，遗憾的是这些关键的信息报道中并没有给出。还有就是，这篇报道脱离了历史语境，就像刚才孙老师提到的80年代“电大式”教育并没有很好的效果。我记得前些年还有双师模式的尝试等，当然要求这篇报道中有历史角度的梳理，可能要求有点高。就文本来看，整个报道之中呈现的内容非常狭窄，仿佛就是一块屏幕让直播学校里有八十多个孩子被清华、北大录取，但这其实忽略了现实维度和历史维度，所以这一则报道在我看来是不大满意的。我想这可能和媒体对于受众心智的理解有关吧。媒体觉得我只告诉他们有 88 个人上清华北大，大家一下就会认为这个东西好有效，但是其实遮蔽了好多重要的事实。

但是我其实非常喜欢这个案例，为什么呢？除了刚才说到的对事实层面有一些追问之外，还因为我觉得这是一个很典型的多种话语杂糅的案例。刚才提到的讨论新媒体赋权的两种话语方式，一种是商业性的，另一种是公共性的，或者说是关于公共领域的，这一则案例里面全部包括了。这个案例里，比如说商业化的痕迹非常明显，这也是为什么有人质疑这篇文章是新媒体公司的软文。比如在文中，新媒体公司负责人念叨着收费到底是 7 万元还是 3 万元，或者说这个学校如果把这个课程偷录下来给其他学生看，有偷录盗版的嫌疑，直播网校是不是吃亏了？文中结尾处有一句话耐人寻味，大概的意思是说没有人计较盗版的事情，这是为了大家都开心、为了让更多人都受到更高的素质教育，等等。这些讨论其实更多关于商业化。我们可以感受到，在讨论教育信息化效果的时候，有很多信息来自商业话语，甚至隐约可见新媒体公司的公关诉求。当然还有相当多的讨论是关于教育公平。这是重要的公共话语的讨论方式，这一部分刘楠师妹刚才已经详细说过了。

但是我看这篇报道的时候，认为它的闪光点反倒在于我关注的关于新媒体话语权的讨论维度。这个维度相对来说是非主流的。也是我为什么跟佳山老师说我的发言可能会跑偏，佳山老师一直安慰我说“不会的，不会的”，其实是他来不及换人了，所以只能如此。我关注的关于新媒体赋权的角度是什么？其实是新媒体的使用者自身的变化。我觉得探索新媒介的意义和价值远不止目前的研究视角，其中一个维度就是探索新媒介给人和人际关系带来的变化。在新的媒介技术条件下重新思考什么是人，什么是人的欲望。赋权的权力可以是经济意义上的，也可以是政治意义上的，也有可能还有第三种维度，从激发主体的自我意识而言，可能是观念、可能是生活方式、可能是点亮他人的满足感。从这个意义上来看，媒介形式所带来的变化是深刻的，也是深入人们生活的。

所以简单地说，我其实更关心的是这种社会关系的变化。刚才这个案例里大量的内容让我看到了这一点。这则报道为什么成为一个爆款，其实也是因为文中呈现了这种社会关系的变化。比如我们说，看直播视频的这些学生，他们看到了外面的世界，看到了自身和外界的差距，如何调整内心的落差？还有他们和城市重点中学的学生，以及与那些给他们进行直播的老师的关系。一个老师出现在他进行直播的当地学校里，并受到学生的蜂拥爱戴，老师在出去旅行的时候，被看过他直播的导游认出。他没有想到有这么多的学生得益于他、爱着他，用虚拟的接触方式在受他的教育。这种觉得自己被更多人需要的自豪感和成就感是巨大的。比如说这些学生给四川最棒的中学，我记得是成都七中的学生写信，他们之间如何建立这种关系、如何互相激发，还比如说当地的教师如何自处，他其实有被人替代的危机。我觉得可能将来有一天，我的职业危机感也在这里，我可能会被哈佛大学，或者是一些著名的平台上某些更专业的老师替代。如果直播国际名校的课程，我的任务和身份可能会调整为给同学们进行一些现场的辅导，所以我关心这些老师，他们如何自处。师生之间的人际关系的变化，这是我所感兴趣的，这篇报道的闪光点恰恰在这儿。

这个兴趣点可能跟个人的研究取向有关系。因为我自己之前做过几年媒体记者，读博士转型去高校做教师之后，我的研究兴趣稍稍有一点点转移，包括一会儿要分享给各位的关于吃播的小研究，其实这个课题也是更关心一种新的媒介出现之后，必定会带来很多的社会关系的变化。关注的重点在于，当一种新的媒介形式受到欢迎，它使得当下这个时代的社会情感结构发生了哪些变化。今天所要讨论的关于“社会关系的变化”，其实在我们身边是能够被觉察到的。赋权是什么？赋权其实也意味着某种意义上人和人之间一些具体关系的变化。比如说我们今天确立恋爱关系，大家都要看官宣，还有几年前范冰冰和李晨在微博上晒一张合影，标题叫“我们”，等等。婚姻登记的权威反倒没人在意了，你会发现说，我们人际关系现在已经离不开新媒体的表达和陈述方式。比如说如果我跟佳山老师，我们俩的关系出现不好或者破裂的话，我们在微博上互相“取关”、互删 QQ 就可以。包括当年有一则关于复旦投毒案的报道，在描述两个室友之间关系不好的时候，说他们在哪年哪月就互删 QQ 了。所以你会发现，新媒体其实在改变着人们日常的社会交往关系。在我看来，新媒体赋权能够给这个社会一种新的可能性，就像梅洛·庞蒂经常说的，你可以从这种新媒体带来的社会关系中去寻找一种新的希望，去寻找一种新的尊严。这是我所看重的，而且也是我自己的研究兴趣所在。

我今天想和大家分享最近一个研究课题。我有一门视觉传播的课程，每年都会带学生做一些小项目。2017 年做了关于中老年人表情包的使用。听起来非常细碎，西方可能研究关于新媒体带来的人际关系变化，会研究得更具体一些。前两天我跟一个朋友讨论，他说看到一项研究做的是关于比如“I 一代”，就是使用 iPhone 和 iPad 的这一代，主要是 95 后和 00 后。这一代人被发现抑郁的概率更高，这个研究关注的是社交媒体在其中起了什么作用。研究的结论发现，抑郁的人群中女性的比例更大。也就是女性因为使用社交媒体，更多带来了一些她们在心理上的负面变化，比如说感受到社交关系方面的攻击。男性之间的攻击大多是物理攻击，而女性之间的，尤其是年轻“I 一代”的，更多的打击是来自社交媒介中的关系攻击。例如我在社交媒体上展示我跟佳山老师吃饭去了，然后刘楠师妹就会暗中觉得我俩之间的关系把她排斥在外。这个研究告诉我们，新媒体带来使用者自身以及其人际关系的变化。

回过头来说，我们 2018 年为什么做了关于吃播的研究？吃播的英文叫 mukbang，其实是一个韩语的发音，简单说就是直播吃饭。不知道大家看不看吃播？我先给大家看几张照片，看看画风是什么样吧。就是展示播主吃饭的过程，然后通过公共平台直播出去，然后大家来收看，包括点赞或者是送礼物，还有各种各样的商业化转变，可以进行盈利的直播方式。这张图片是第一代的，或者说最早进入中国的播主，吃的东西一般数量惊人，并且高糖、高脂肪、高热量，或者是比较奇特的食物。

按照很多人的想象，或者说按照他们的思维定式，吃播是非常无意义的。这也是我一再强调说，当我们理解新媒体赋权的时候，可能要先放下一些对于新媒体固化的思维想象。因为按照我原来的想法，为什么这么多人会用一种间接式的体验来获取快感？他们去看这些直播到底有什么意思？很多可能比我年纪更大的人说这个东西好无聊，不就是看别人吃饭？但是这种直播内容在 2014 年、2015 年进入中国以后，它在 B 站变成一个非常热门的内容，甚至是 B 站上最热门的内容，超过了美妆直播的热度。排行第一是吃播，第二才是美妆。

首先，吃这件事情，或者说饮食，其实在中国的意义非常重大，其中具有多种文化意味和历史传统。比如说前一阵 D&G 播出一则广告视频，对中国饮食非常不尊重，随后一群中国明星和网民公开表示愤怒，说这则广告视频诬蔑了我们中国的饮食文化，最后 D&G 的时装秀不得不被取消。从这个文化冲突上可以看出，中国人非常重视饮食，甚至经常在跨文化交流的过程中将之上升到一种民族主义的高度。那么吃播这种媒介形式，在中国这样一个国度，会带来什么样的影响、会有什么样的演变，这是我关注的一个方面。

另外一个方面是，吃播这个现象其实是有颠覆性的。因为我们如果从饮食社会学，或者是历史维度来看的话，以往对于饮食的管理，其实在某种意义上是跟道德层面相关联的。比如说西方有宗教传统来限制个人的饮食，并且这种饮食限制，跟资本主义的兴起、跟清教徒等各种宗教的传统是直接相关联的。16、17 世纪的宗教传统，甚至到 18 世纪，西方其实形成了很重要的一种关于营养的科学话语。大家可以联想到我们当下关于吃的各种各样的内容，以及我们各种各样的话语，很多是围绕健康、轻食，尤其是中产阶级热衷去健身房、跑马拉松等，都是在努力进行身体管理。与这些趋势是相逆反的，在这样的社会环境之下，吃播在某种意义上是对一种观念秩序的巨大颠覆。这种“大逆不道”的事情，为什么在社交平台上会有那么多人观看，而且在 B 站上受到很多人的追捧，这也是我想要出发去探寻的一个起点。

吃播还有一个引起我关注的特质是，它和我们以前看到饮食类的节目或视频是非常不一样的，比如《舌尖上的中国》。在饮食纪录片《舌尖上的中国》里面，一谈到饮食就直接与家国文化相联系。其中一种话语方式就是食物与乡愁。无论我的脚步走到哪里，对家乡的思念都会幻化为对食物味道的追忆。食物会带来一种集体记忆，这是一种话语方式。另外一种常见的话语方式是人和自然。我们从大自然中获取食物，无论是接受馈赠还是主动索取，人类和自然的和谐关系要如何建立并且进行维持，这两种话语方式都是从非常宏观的角度来讨论饮食的。而吃播是直接从以往不敢讨论的角度，即欲望的角度来展开人与饮食关系的探寻。这其实是新媒体带来的一种重要变化，大家来重新认识人，重新认识人的观念、欲望，以及人们如何自处，这是一个非常重要的维度。

我们的研究小组此前经过大量的文献梳理，发现吃播这种现象其实是有一种先入为主的批判基调在里面的。这种批判能体现在一些和吃播相关联的关键词当中，比如说宅文化、咸鱼状态，这些词和吃播是直接对应的。文献的重点关乎两个方面：一方面是吃播和社会压力的关系，人们认为这是社会焦虑情绪的一种反映。这种焦虑情绪也来源于两个方面，一个是个人的焦虑，比如说关于身体的管理，我不想去吃，想要去瘦身，但是抑制不住这种欲望的时候，我就看别人来吃；另一个其实是结构性的焦虑，每一个飘荡在城市的人，比如一个来自异乡的孤独灵魂，在都市之中受到了巨大的工作压力和结构上的各种压力而无法抗争的时候，我可能需要一种疏导的途径。像吃播，包括鬼畜这些视频，等等。我有一些学生跟我讨论的时候，也会说他们在看一些土味的视频。其实通俗地说它们相当于一个社会安全阀，是社会压力的一种疏导方式。这是关于吃播批判的一个角度。还有另一方面是对商业文化的警惕。也就是说，商业媒体其实是这些平台利用大家的社会焦虑来制造爆款，来制造类似于精神鸦片一样的东西，目的是吸引你。

我觉得其实很多关于文化研究的批判角度，对于吃播的这些批判，具有明显的洞见性，给了我很多启发。但是这些批判角度也有一定的问题，比如说先入为主的研究态度。我希望能够更具体地去考察，吃播到底是一种什么样的文化直播形式？为什么有那么多人追捧？这些问题还没有得到解答。所以我们设计的研究方法是焦点小组，这种讨论方式可以更深入、更具体地回应这些问题。焦点小组主要是针对观看吃播的一些长期用户，也就是说有两年以上观看吃播视频体验的同学，对他们进行焦点小组讨论。我们选择的文本研究对象是B站上的吃播视频，之所以选B站是因为，虽然在很多知名的直播平台上都有吃播频道，但B站的点击量是最大的。我们监测到十大排名里，基本B站的吃播视频都有上百万的点击量。另外最主要的原因是，B 站是大学生群体观看吃播视频的一个重要接口，接口很重要。比如说我们讨论快手和抖音，其实大学生不怎么看快手和抖音，他们大多数人不会上这些平台直接去看，大学生的接口是微博，这也是一个很有意思的话题。

通过对 B 站上热门吃播视频进行观察，我们发现，很多视频有共同特点，就是它们的呈现形式有一种明显的奇观化趋势。吃是我们最日常的一种行为，但是在所有这些吃播的视频里，把吃这一行为作为一种奇观化的对象。比如，最开始火热的吃播内容是一些关于高脂肪、高糖分、高热量的食物，播主会挑战几十种高热量甜品，或者是全部是脂肪的肉类等。还有一些猎奇的食物，比如说世界上最臭的鱼罐头，最辣的韩国泡面，一下子能吃几十包，就是这样一种奇观化的呈现方式。还有一些异域类的饮食，像来自非洲、美洲的一些国家的食物。也有在野外进行吃播的播主，其实就是在野外拿一个兵工铲去挖灶坑，然后去现场采集食材，用一个大的锅进行野外烹制，这种视频的点击率经常排名前十。所以我们说，吃播是对原本日常生活陌生化的一个过程，它通过各种手法对吃这一行为进行一种奇观化的描述。

奇观化的视频内容会应用到奇观化生产手段，以前经常被别人忽略的，就是吃播视频其实是视听的全方位的包装和展示。听觉上只展示嘴部咀嚼的动作和声音，别的没有，吃播播主基本上不会跟你聊天。有非常多的吃播视频爱好者在听别人咀嚼的声音，包括像撕扯食物的声音、油炸食物的声音，这些在所有吃播视频之中，都是刻意去进行声音表现的。所以这种包装手段其实是把人的对于饮食、人对于欲望的放纵，通过视觉、听觉的传播手段进行了强调和操控。

研究中还有一个关注层面是关于互动的问题，很多热门的吃播视频是非常具有仪式感的。新的直播形式带来的这种替代体验，到底以什么样的互动形式出现？这种互动形式其实出乎我的意料，因为按照以往的经验，如果我们看了《舌尖上的中国》，我们会把表现好吃食物的视频段落转发给自己喜欢的人或者周围的朋友。可是结果发现，吃播视频带来的这种拟态互动，在某种意义上是非常隐秘的，或者它表现了一种隐秘的亲密感，观众是不怎么愿意分享的。那它是怎么建立与观众间的互动的呢？你会发现方式其实有很多，比如说弹幕，或者有一些个性化的信息互动方式。大部分播主跟受众的互动带有某种邀约性。在吃的时候，包括你看我吃干净了没有，等等；播主会不停地跟受众以一种邀约的方式进行互动，会说你要不要试试，等等。这种邀约性的互动，还包括对自己个人信息的暴露，比如说交代最近学习、生活怎么样，然后聊我跟男朋友是不是吵架了……播主会把一些跟吃有一点关联的个人信息带进来，变成一种拟态的人际交流。我们考察这些受众的感受也印证了这一点。我问他们在什么时间看吃播——吃播有时候还是挺消耗时间的。你们猜大家在什么时候看吃播？对，深夜。大家都说深夜食堂。深夜这个时间段在调查问卷中是排在第一位的。排在第二位的是吃饭的时间，还要加上括号的（一个人）吃饭的时间。所以我们发现吃播这种视频，给这些年轻人提供的是一种巨大的情感陪伴。他们虽然说我们对于美食有信息的需求，但是研究发现吃播最主要的是情感陪伴，这种情感陪伴从受众观看的时间和他们展开这些人际层面的互动可以印证。还有一个发现是，受众不怎么跟别人分享吃播的视频，这个很有意思，就是看完吃播之后就满意地睡觉去了，或者饥饿地睡去，不会主动地去跟别人分享。问到为什么不跟朋友分享，他们说你无法确定对方的口味是什么样的，也无法确定对方是不是喜欢这种形式的内容。所以观看吃播，其实是让饮食回到了饮食社会学中经常讨论的那个私人维度，某种意义上，饮食回归到了一件非常私密，或者说非常个体化的事情。这跟以往我们在中国传统文化语境下所说的饮食和阖家团圆这种社会关系，是有一定的矛盾张力的。

另外，还有一个发现是，观看者对于吃播播主往往存在一些个人情愫。这些情愫包括某一个吃播播主的风格，受众或者是喜欢他/她的生活经历、生活方式。所以你会发现，这些视频在制作的时候，其实是拿这些因素作为一些宣传卖点的。这是“一人食”的吃播主，她经常在网上以非常俏皮可爱的方式来进行吃播，包括有时候早上起来说：“主人，你醒来了吗?”说：“我们今天的菜单是咖喱猪排饭，猪排咖喱饭，米饭猪排加咖喱。”其实她只做一道菜，但是会以一种非常俏皮的方式来与观看者进行互动。

我记得以前有一个研究是关于 Facebook 上什么样的视频能够拥有高点击率。研究发现，高点击率视频其实有一些情感拉动的共同因素，而“可爱”永远是其中最厉害的一个。我不知道男同学会不会受到这个因素的牵引，但是在女性群体之中，比如说有一个吃播的 UP 主，他经常让自己的猫出镜，这个简直太吸粉了，每次大家都会在下面发一堆弹幕评论他的猫。他做完饭之后会给猫吃，然后他也吃，人和猫共同享用食物的直播。所以很多人其实是因为对于这种生活方式有一定的向往。对于制作方来说，他们可能会利用大家的这一类想法。

我们说第三个层面的观察，是关于这些用户在文化层面的一些变化。我考察的这些吃播受众是从大一到大四各个年级都有的大学生。我发现他们其实最开始是从“大胃王”这类的吃播进入，但是很快他们对于吃播内容在品位上会形成鄙视链。他们其实最鄙视的是猎奇类吃播，譬如说像快手上拿着脸盆来吃一盆面，等等，这在品位和消费的价值观念之中其实是属于最底层的。再往上，比如说像B站上一些吃火鸡面等去追求一些刺激性的吃播视频。然后再往上，才是他们所喜欢的一些生活方式，那这类吃播视频是什么样的呢？到这个层级，吃播是精致的、有格调的，或者说在拍摄过程中体验出来一些才华和专业性素养。所以没有人喜欢完全意义上的“素人”进行的朴素直播，没有特点的普遍的直播视频，即使被媒介技术赋予了播出的机会，也不会在网络上受到欢迎。

所以这个鄙视链让我们知道这些受众的层级划分，包括阶层区隔是永远存在的。最早介入吃播领域的大胃王木夏，她因为天赋异禀，胃的容量比常人大好几倍，所以后来能够成为吃播博主。她现在也在转型，最近经常做的一些内容是去探店。比如说她前两天最新的一个视频是关于战斧牛排的大挑战，一个人吃掉了五斤重的战斧牛排。她在视频里面会讨论牛排的几成熟、是Medium rare（三分熟）还是Medium（五分熟）等问题，其实有一些偏向中产阶级饮食品位的内容。还有我刚才说的这种“一人食”。你会发现视频拍摄内容非常精致，在尽力体现格调。我们在观察中发现，大学生们看直播的过程，其实也把一些文化展示的因素带进来，生成一种投射想象。比如有个吃播视频每次都会赋一首诗词在上头。

因为时间关系，我尽快给大家做一个小结，好进入后面的讨论环节。

首先，吃播研究给我们最大的感受是，关于饮食文化的转向。中国饮食文化从原来非常集体主义的、具有宏观面相的特点，向更隐秘的、更个人化的饮食文化转型，其实这与社会结构的变化是相吻合的，与我们这些被卷入现代性的独立个体所处的社会环境是相吻合的。其次，讨论的角度是这些受众。我们观察到这些年轻人对吃播有一种矛盾性的体验。他们一方面觉得吃播给了自己很大的精神动力；另一方面，他们也觉得有一些吃播的内容已经跟不上他们成长的生活品位。有时候他们看到一些吃播内容会说，那是我曾经看过的，但现在已经不看了，我现在不喜欢那一种。很多人会在这方面有各种各样的体验，包括以后的生活是什么样的、自我发展将来要成为什么样的人，他们其实有一定的自我觉察力。甚至包括商业文化对吃播内容的包装、金主爸爸的推动，他们全都非常清楚。有一些吃播的 UP 主，其实背后有催吐现象，这些观看者其实也都了解。你会发现，有一些视频的互动会评论说，不要吃太多，吃太多伤身体，他们跟主播有各种各样的互动。其实这些自我觉察并不像很多批评研究所描述的那样，是被动、消极的观看主体。

我还观察到一点，就是刚才提到的关于情感陪伴的作用。这里是说我们如何看待这些表面上没有用的用，姑且称之为无用之用。就是表面上看来很无聊，与你的学业进步、事业发展没有什么大的关联，大三的年轻人如果出去实习了，很可能白天就没有时间看吃播了。吃播视频对于所谓的正能量，某种意义上还是有一定的区隔度。受众对吃播的热爱是在深夜，这种情感陪伴是对他们在精神上的一种支持。有一个受访的年轻人说，你想象不到我们甚至看那种上自习的直播，打开直播之后，佳山老师正在上自习，他一上午都没有离开座位了，我也赶紧开始我一天的学习。这些现象更多在我们的日常生活中展现出来，并且处于我们关于新媒体赋权的主流讨论之外。但是如果讨论公共治理的话，在我看来，这些日常生活中体现出来的价值观念、生活方式，其实是公共治理中不可忽略的一个层面。可能这个层面没有公共领域那么强大，没有舆论场的话语权争夺那么重要，但至少也是一个非常有意义的补充。所以我是从这个角度来看待吃播这种新媒介形式的。我们如何重新认识人性、认识人的欲望，重新去看待各种各样的对于新媒体的一种矛盾性体验。包括吃播视频对于受众在精神层面的支持，很多吃播的 UP 主在讨论他们的事业观和价值观的时候会说到，我们其实是为了自己内心的幸福和那些看我们吃播的人——观看者内心的幸福。这些词其实并不新，因为如果大家关注媒体发展的话，像 Netflix（网飞公司）说他们没有企业文化，唯一的信条就是让看我们视频的人幸福，这一点非常有杀伤力。如果说大家进行各种各样的传播活动的时候，要注意到这是非常核心的一点。

再次重申我强调的新媒体赋权的性质到底什么。如果从我所理解的角度来看，包括我们做的关于吃播的研究，你会发现这种权力的赋予可能不再是以前经济上的宰制，也可能不是政治上的一种管控，它更接近于我们说的，比如说被赋权者的内心动力的一种激发，或者是他去影响别人的一种创造力的激发，也可能是说某种观念，或者说是某一种生活方式的推广。

以上是我跟大家分享的一个新媒体赋权的维度，在社会关系，包括人际交往的层面，它具备诸多的可能性。这种可能性是让我这个不怎么年轻的人永远在反思，我以前理解新媒体的一些理论框架和意识形态中是不是有一些陈旧的，或者是需要重新思考的一些价值维度在里面。所以也正是这种可能性，让我对今天这个讨论会如此兴奋，并且充满表达的欲望。

（根据速记整理，经过本人校订）

附　录

“青年文艺论坛”各期主题

2011 年

第一期：当代文艺批评的现状与前沿问题（2011 年 6 月 28 日）

第二期：“底层叙事”与新型批评的可能性（2011 年 7 月 20 日）

第三期：新世纪中国电影的“繁荣”与忧思（2011 年 8 月 18 日）

第四期：流行音乐：我们的体验与反思（2011 年 9 月 22 日）

第五期：日常生活美学：理论、经验与反思（2011 年 10 月 27 日）

第六期：我们的时代及其文学表现——与著名作家座谈（2011 年 11 月 24 日）

第七期：艺术史：观念与方法（2011 年 12 月 28 日）

2012 年

第八期：《金陵十三钗》：从小说到电影（2012 年 1 月 12 日）

第九期：“春晚”30 年：我们的记忆与反思（2012 年 2 月 16 日）

第十期：消费文化时代的四大古典名著（2012 年 3 月 15 日）

第十一期：武侠：小说与电影中的传奇世界（2012 年 4 月 25 日）

第十二期：多重视野下的《甄嬛传》（2012 年 5 月 24 日）

第十三期：中国“新诗”的现状与前景（2012 年 6 月 21 日）

第十四期：当代文学的代际更迭与当下学术格局的反思（2012 年 7 月 12 日）

第十五期：红色题材影视剧的传承与新变（2012 年 8 月 30 日）

第十六期：《白鹿原》：如何讲述中国故事（2012 年 9 月 20 日）

第十七期：诺贝尔文学奖与当代中国文学（2012 年 10 月 18 日）

第十八期：“中国风”向哪里吹：当代艺术文化中的中国元素（2012 年 11 月 21 日）

第十九期：《一九四二》：历史及其叙述方式（2012 年 12 月 13 日）

2013 年

第二十期：当前文化语境中的文风问题（2013 年 1 月 24 日）

第二十一期：现代主义思潮再反思（2013 年 2 月 28 日）

第二十二期：《归来》：美学批评与历史批评（2013 年 3 月 21 日）

第二十三期：新工人艺术团：创作与实践（2013 年 4 月 25 日）

第二十四期：青年亚文化与当代社会思潮（2013 年 5 月 16 日）

第二十五期：当代大众文化中的美国想象（2013 年 6 月 20 日）

第二十六期：新视野中的世界与文学——青年作家座谈会（2013 年 7 月 4 日）

第二十七期：“窃听故事”与意识形态的表述——以影视作品为中心（2013 年 8 月 22 日）

第二十八期：娱乐文化的形式变迁与时代内涵（2013 年 9 月 26 日）

第二十九期：当前文艺作品的价值观和评价标准问题（2013年10月17日）

第三十期：第一届全国青年文艺论坛：转型年代、青年与中国故事（2013年11月16日、17日）

第三十一期：左翼文艺研究：热点与前沿（2013年12月26日）

2014年

第三十二期："中国梦"与当代文艺前沿问题（2014年1月23日）

第三十三期：春晚：新民俗与文化共同体（2014年2月27日）

第三十四期：文艺与政治：意识形态去哪儿了？（2014年3月27日）

第三十五期：移动互联网时代的文化形态（2014年4月17日）

第三十六期：20世纪历史与我们时代的文化——从李零《鸟儿歌唱》出发（2014年5月21日）

第三十七期：第二届全国青年文艺论坛：文艺评论：新的方向与可能性（2014年6月26日、27日）

第三十八期：主旋律文艺生产的变迁（2014年7月17日）

第三十九期：跨文化传播中的"韩流"现象（2014年8月29日）

第四十期：文化新格局中的舞台艺术（2014年9月25日）

第四十一期：新世纪的群众文艺与公共空间（2014年10月16日）

第四十二期：第三届全国青年文艺论坛：全球文化视野中的电视剧（2014年11月27日、28日）

第四十三期：互联网时代的文化权利与数码乌托邦（2014年12月4日）

2015 年

第四十四期:《智取威虎山》:文本与历史的变迁(2015 年 1 月 8 日)

第四十五期:当代中国文学的前沿问题(2015 年 2 月 12 日)

第四十六期:《平凡的世界》:历史与现实(2015 年 3 月 26 日)

第四十七期:民族风格的实践及其困境——以中国动画为例(2015 年 4 月 23 日)

第四十八期:七十年后再回首——重读《白毛女》(2015 年 5 月 28 日)

第四十九期:消费主义时代的劳动美学——新时期以来关于劳动的想象与书写(2015 年 6 月 29 日)

第五十期:综艺节目“爆发”背后的逻辑和困局(2015 年 7 月 16 日)

第五十一期:反法西斯文化再反思(2015 年 8 月 27 日)

第五十二期:中国科幻文艺的现状和前景(2015 年 9 月 24 日)

第五十三期:“原创”的焦虑——当前文艺的困局(2015 年 10 月 22 日)

第五十四期:美剧的跨文化传播与消费(2015 年 11 月 26 日)

第五十五期:盘点新中国文艺(2015 年 12 月 17 日)

2016 年

第五十六期:重建文学的社会属性——“非虚构”与我们的时代(2016 年 1 月 27 日)

第五十七期:小镇青年、粉丝文化——当下文化消费中的焦点

问题（2016 年 2 月 25 日）

第五十八期：未完成的“叙事”——重释“八十年代文学”的可能与思路（2016 年 3 月 24 日）

第五十九期：弹幕：数码时代的文化消费与媒介使用（2016 年 4 月 27 日）

第六十期：数字资本时代的网络民族主义与文化政治（2016 年 5 月 19 日）

第六十一期：思想边界的开拓——重读张承志（2016 年 6 月 23 日）

第六十二期：“新 / 老穷人”的文化表达（2016 年 7 月 7 日）

第六十三期：网红的缘起、逻辑与未来（2016 年 8 月 26 日）

第六十四期：博尔赫斯与中国当代文学的历史误读（2016 年 9 月 22 日）

第六十五期：再写“人境”重构“现实”——刘继明长篇小说《人境》研讨会（2016 年 10 月 15 日）

第六十六期：返乡书写：事件、症候与反思（2016 年 11 月 21 日）

第六十七期：陈映真：文学与思想（2016 年 12 月 29 日）

2017 年

第六十八期：我国当代文化走出去的现状与问题（2017 年 1 月 5 日）

第六十九期：打工春晚、乡村春晚——央视春晚之外的春晚类型及其启示（2017 年 2 月 23 日）

第七十期：裸贷、苍井空——新媒体时代的另一面（2017 年 3 月 30 日）

第七十一期：第四届全国青年文艺论坛：左翼文艺批评：历史

经验与现实处境（2017 年 4 月 22 日、23 日）

第七十二期:《人民的名义》，反腐剧、涉案剧爆红背后的产业成因与传播逻辑（2017 年 5 月 17 日）

第七十三期：从边缘到中心，网络文艺做对了什么?（2017 年 6 月 28 日）

第七十四期:《西游记》："超级 IP" 背后的中国故事（2017 年 7 月 27 日）

第七十五期："主旋律" 新变的蝴蝶效应（2017 年 8 月 31 日）

第七十六期：传统艺术的当代发展——以地方戏的困境为例（2017 年 9 月 29 日）

第七十七期：现实题材舞台艺术的当代路径——以国家艺术院团演出季实践为中心（2017 年 12 月 13 日）

2018 年

第七十八期：国外网络游戏研究、评论的现状与影响（2018 年 1 月 11 日）

第七十九期:《芳华》——七八十年代的情感结构及其当代呈现（2018 年 1 月 25 日）

第八十期："亚文化" 正在 "主流化"? ——网络亚文化的当代形态和未来影响（2018 年 6 月 21 日）

第八十一期："娘炮""泛娱乐" 之争与主流文化治理的当代挑战（2018 年 9 月 21 日）

第八十二期：表达与呈现——社会底层如何通过移动互联网赋权、赋能（2018 年 12 月 19 日）